精思戀之罪

太陽奈克　著

曾以信
太陽奈克　圖

推薦序

在「入乎其內」與「出乎其外」之間

張崑將
臺灣師範大學東亞學系教授

這是我看過太陽奈克的第二本小說，繼第一部處女作《加太的青鳥》探索思覺失調症的心靈世界，這部《精思戀之罪：一個思覺失調症者的獨白》透過患有思覺失調症的主角「誠豐」渴望愛情，表現出與愛戀對象「許思牧」若即若離的情愫，似乎也隱喻表達與上帝之間的關係。如果前一部作品是「入乎其內」，這部作品可以是「出乎其外」，前一部探索一位「急性精神分裂症」住院時在心靈上的虛與實、現實者與超越者（上帝）的心靈對話；這部作品則走出醫院的外面世界，嘗試過著一般人的生活，甚至也渴望談個純真戀愛，無奈卻不知不覺墮入「失去調控」自我的深淵無法自拔。當然「入乎其內」與「出乎其外」只是勉強區分，作品都涉及裡裡外外世界的出入之間，只是偏重程度的問題。

看太陽奈克這部作品，讓我聯想到羅馬詩人奧維德在《變形記》中描述的回聲女神厄科愛戀美男子納西瑟斯的情愛故事。厄科本是山嶽女神，且有能言善道的本事，但也因言得禍，被天后赫拉懲罰無法主動言語，使其永遠不能表達自己的本意，只能說出他人最後一句話回應，這個詛咒要等到厄科遇到真心喜愛的人才能解除。問題是當厄科真的碰到所愛的美男子納西瑟斯時，卻又無法表達愛意，而被拒絕。拒絕愛意的美男子納西瑟斯下場也不是很好，因長得太美了，在一日望著水中倒影時，終至自戀而死，死後化為水仙花。太陽奈克這部《精思戀之罪》的男女主角，正有想要表達愛意卻無法完整表達，想要突破自己卻又遇到重重阻礙（可視為詛咒）。自我矛盾、自我突破、自我迷戀、解消自我、超越自我……等等「認識自我」的命題，從來就是人類千古的哲學課題，這篇小說當然也是不逃離自我剖析的心理小說。

全篇小說藉著主角誠豐與愛慕的對象許思牧參加兩個營隊，這兩個營隊的設計很具巧思，因為一個是去鄉村雙語營中與天真孩子的相處，一個是參與跟主角有類似症狀的精神療養院的病患們。前者的孩童世界是天真無邪，根本沒有「正常」、「不正常」的觀念，也隱喻價值觀尚未受大人污染的天真浪漫的純真世界（孩子純真之美），另一是被與世隔離的精神病患場所（皺紋之美），這些病患活在自己的世界，與其說他們被世界隔離了，不如說他們自己將世界隔離，不想受污染。兩個世界說穿了，其實都有共通交集的世界，即懷有人的原初精神世界。思覺失調就是這樣的一個精神世界，他有時需回歸現實的自我，有時又不自覺回到本真的自我。認真想，人本來就有多重的自我與多重的世界，誰是正常，誰是不正常，或者說「不正常的正常」、「正常的不正常」本都是自然世界的常態。

這部小說要看到最後才能顯示作者敘述的藝術性，也才能明白恍惚中似真似幻的過程中，既有背叛與歸屬、罪惡與純真、真情與情慾……之間的拉扯，加上疫情等於加深了人們對於思覺失調者的誤解，終究抵不過現實人間的殘酷事實。信仰與純真的世界，本來就是在一般世界中是「超現實」的，只有生命不斷淬練，信仰不斷受考驗，才能用文字道出既「入乎其內」，又「出乎其外」，帶有希望與掙扎的美學韻味。

很高興太陽奈克總是不吝將其未刊而新出爐的作品給我先睹為快，讓我也比較能深刻地認識思覺失調者的精神世界。我也一直深信寫作本身就有一種療癒的作用，不僅可治療自己，當然也可療癒他者。相信以太陽奈克勤於筆耕的意志及其才華，未來關於思覺失調系列的第三部曲、第四部曲……也將一一問世，在「入乎其內」與「出乎其外」之間游刃有餘，這不僅對思覺失調者本身而言是個福音，也對外者如何看待思覺失調者是個福音，當然對於一個缺乏思覺失調課題深入探討的文學界更是個福音。

推薦序

讓故事自己說話

胡心慈
臺灣師範大學特殊教育系教授
兼特殊教育中心主任

認識太陽奈克至今八年，從課堂上的傳道、授業、解惑到後來亦師亦友的關係，很高興一直可以成為他的作品的前幾名（不知是不是第一名？）讀者，有時甚至是在文章才寫一半或剛成形就能讀到熱騰騰的文稿，心裡非常欣慰與感動。他一直把我擺在一個重要位置，某種程度，也圓了自己從小一直立志要當作家、國文老師的夢想。

當年因為接觸到非常非常善良的特殊生，讓我辭職（國文老師）、賠公費去進修特殊教育，繞了一大圈，仍然慶幸自己有一點文學底子，在各種實證化研究與結構化教學背後，仍要有一顆柔軟易感的心，才能真實的教「人」而不是教「書」。

比起前一本《加太的青鳥》，太陽奈克的《精思戀之罪》更會說故事，一個帶著淡淡哀愁的故事。也更善用譬喻法，把看似跳針的情節最後圓滿串起來。他不想說教，我也不想說教，讓故事自己說話！好多善良的人，可是卻讓無心的舉動刺傷另一顆千瘡百孔的心；好多美好的人，卻組成一幅矛盾的畫面！這就是文學作品的張力，我相信每一個正在閱讀本書、本文的讀者，會默默地在這中間找到自己的位子，更理解自己該上演哪一齣戲碼、扮演什麼角色——當有一位思覺失調的朋友從你身旁走過。

推薦序

新時代真的來了嗎？

方俊凱
馬偕紀念醫院精神醫學部資深主治醫師

讀完太陽奈克的《精思戀之罪：一個思覺失調症者的獨白》，想起我無數思覺失調症病人的戀愛苦難與幸福！雖然幸福的比較少，但終究還是有的。只是，真的不容易啊！

精思戀之罪，到底是那一種罪呢？是法律上的？是宗教上的？還是倫理上的？是污名化的？是無知的？還是時代的無奈？

在生物精神醫學越來越發展的時代，精神醫學專家越來越明白思覺失調症的病因與病理，也因此台灣將一百年前精神分析學派盛行時期訂名的「精神分裂症」，依照生物精神醫學時代的科學實證基礎正名為「思覺失調症」，目的不在於改名而已，而是在宣告一個有療癒希望的新時代來臨。

藥物的治療，不一定能轉變一切不幸，因為藥物治療的成效，一樣需要早期診斷早期治療，而且妥善持續用藥。完整的治療，會帶來生命轉變的機會，就像糖尿病患者或高血壓患者，在妥善的治療後，一樣有機會過著如同沒有生病的人的人生。只是，思覺失調症病人所期待那如同沒有生病的人的人生，著實是困難重重。

我有不少思覺失調症的病人在藥物治療的基礎下，完成了學業、努力地工作、找到了自己的價值與存在的意義。然而，真的在感情上能夠順利進行，甚至被祝福，組織一個家庭，的確是非常少，甚至有人在感情挫折之後痛恨自己背負著這個疾病，不願意再治療，導致生命再度陷入困境。

《精思戀之罪》的結局，真實地讓人感覺唏噓。但是現在已經是精神藥物治療高度發展的時代，思覺失調症的病人在妥善的治療後，有機會從病人變成沒有病症的人，一樣有機會能夠享受幸福的人生。

我期待，新的時代真正來臨！也祝福作者有幸福的人生！

作者序

一個思覺失調症者的獨白

太陽奈克

「精神分裂症」在台灣於二〇一四年正名為「思覺失調症」，在《精思戀之罪》書中會以兩個病名交互使用，是因為筆者是二〇一二年發病的，那時還稱為精神分裂症。

本書取材自奈克真實的生命，故事內容全無他文參照。奈克確實於大學期間連續兩年暑假擔任雙語營輔導，也曾經和台大精神紀實推廣社的夥伴去慢性療養院做活動。

有人曾經問奈克說：「你怎麼能向大眾證明你的故事是真的？」老實說，第一本著作《加太的青鳥》和這本《精思戀之罪》都有參雜些憑空創作的元素在裡頭。我可以誠實地告訴你，《加太的青鳥》真實比創作是七比三，而這本書是五比五。其中有部分會說是創作的原因是：一個角色的故事，可能是由現實二、三個人所混成。真實的定義是：這些東西在我寫出來的那刻，我的大腦告訴我是真的發生過的。

可是生命故事不應該以「是不是真的？」為前提，一方面有隱私的考量，一方面人們對於取材自真實社會案件的故事，比較願意聽。我的初衷是希望讀者能瞭解一些不適應於社會的障礙者的心聲，真實的比例有幾成反而不是最重要的。

我無意批判也無意論斷，前幾年公視《我們與惡的距離》一開播，成為大眾的關注。在第二集尾、第三集初，播出男主角思聰在思覺失調症疾病的困擾下，綁架幼兒園兒童，並有黑黑暗暗的場面。在後面的部分影集，思聰拿著打碎的大玻璃，流著血走近思悅，並去到醫院做一些令社工師防禦（大眾看得緊張）的舉動。我曾於導演的座談會上提出劇中還是有描寫一些思覺失調者讓人感覺暴力的問題，得到的答案是：我們只是想表達這是一個個案的故事，不代表所有思覺失調者。

是的，我的確很感謝這部影集成功讓大眾看到思覺失調症，但我非常難過劇中的部分片段，會讓想理解這個疾病的人，又多一層面紗。一本小說就跟一部影集一樣，如果要寫帶有社會汙名的弱勢族群，不能只是跟大眾說：「這是一個個案，不能代表所有弱勢領域的人」。因為只要我們的影集或書是浮在檯面上，普羅大眾只能從這些可看的媒體去認識到這群弱勢，我們所使用的每一詞、每句話和每個鏡頭，都會變成其他人理解這個帶有汙名疾病族群的橋樑，必須非常謹慎小心。而且「使用暴力來令人害怕」，也不是大多數思覺失調者的常態，身為橋樑的我們更應該審慎。

不過我知道《我們與惡的距離》的編劇和導演，是想寫暴力下的非暴力，無奈中的盼望，我內心是感恩的，只怕有人誤解這份美意。

資本主義下的世界，是有經濟地位、社會階層的。若你處在一個相較安逸舒適的環境，請相信我，閱讀此書能給你不少生命上的啟發。若你被不能立刻解決的壓力壓抑著，請相信我，閱讀此書能給你一點力量。

《精思戀之罪》一書，是用病人的角度來描寫對社會精神案件的感受，以及描寫一個思覺失調者渴望愛與被愛的過程。我一直覺得我們人類是深深地渴望被愛以及愛的，不理解卻又存在的悲歌是最令人難受的。台灣是一塊美麗、溫暖的寶地，願人們的心與心同響，唱起公義的歌。

CONTENTS | 目錄

CONTENTS｜目錄

序章 小盒子

從前，在一個賣回收紙和再生紙用品的專區。有一個盒子，他總覺得自己生命中有某種使命，是只有他自己可以成全這件事的。因為他的朋友盒子哥們告訴他，有主人會來買走他們，肚子將被塞得鼓鼓，變得很漂亮，讓主人的心意傳送到重要的他人手上。他的外殼雖然精美、很吸引人，可是不知道之前是哪個人拿他時手滑了一下，他的身子一角有一點微小的凹陷，真的，很細微。

每次都有人把他從架上拿下來，瞧了瞧他，但快速撇過了那一角，又丟回到架上。就這樣，他被放置到更上方、更深處，身上開始貼了一張20％off的貼紙，最後貼上了「買一送一」的字樣，小盒子覺得自己很沒價值。

有個小女孩在某天急急忙忙地跑進這家店，也許是盒子上方買一送一的字條吸引了女孩的注意，至少盒子這麼覺得。她匆匆忙忙地拿起另一個粉色小盒子和他。

小盒子覺得好開心，他覺得雖然是連帶附加的，但總算有一個女孩，而且是一個這麼小巧可愛的女孩，把他帶回家。

在去主人家的路上，小盒子好高興。

他想像著他的肚子會塞進印著很多珍貴字的紙。

或許是個小熊布偶娃娃。

或許是朵代表小女孩展現愛意的紙玫瑰。

他幻想著會有一個盛大的場面，自己將被交在對方的手中。或許還會有人吹響號角，或是有人伴頌吉他。在歡潑的氣氛下，他將被交到一個盛滿淚水的懷中，被致上最高的祝福及榮耀。

小女孩一回家丟下包包，衝進房間，把小盒子和另一個粉色盒子擺在書桌上面，開始埋頭，不停地塗塗寫寫。小盒子被塞得鼓鼓的，他的肚子有種濕濕的，鹹鹹的感覺，此時的小盒子很飽足。

但不一會兒，女孩把小盒子拿起來端詳了好久好久，小盒子吶喊著：

不要看我的角，不要看我的角！可是他的聲音小女孩是不可能聽得到的。小女孩最後還是把他肚子裡的東西拿出來，然後他就被放置在一個安安靜靜的角落，等著被遺忘。

他傷心著，但他也沒看到小女孩在轉過頭去時，袖口偷偷地擦了擦眼睛。

他就這麼被遺忘著，有一天，遠方傳來了貝多芬的〈給愛麗絲〉，他跟隨著播音樂的垃圾車去了。

小盒子也名正言順地變成了「小廢紙」。

小廢紙哭呀哭，哭呀哭，旁邊的同伴都以為他要變成濕紙巾。

他向天祈求著：「老天爺呀！我的命運究竟如何？你給我命定是如此嗎？」

但他的吶喊沒有任何回應。

就這樣，小廢紙在拉基回收場，日復一日，年復一年，他還記得他曾經雖然被放置在架上，但有個還算漂亮的外表。他其實挺憎惡自己身上凹進去的那一角，他覺得就是因為那一角不好看才沒人要。在往後的時間，他大吼，他責備老天爺，他自言自語，時間成為了他最重要的陪伴者。

有一天，小廢紙被一個大機器吸了進去，在進去前，他的「紙」生跑馬燈不斷在面前閃過，他回憶起他的一生是多麼地不平，也回憶到滿心歡喜的捧在小女孩的手心上，那一刻，心真的很甜。而現在，他將面臨他的「紙」生終點，他不知道死後的世界將如何。

當他醒來後，他發現他又回到了賣回收紙和再生紙的那家店。他重生了，架子變得更加顯眼，店裡跟多年前相比，也翻新了不少。

他成為了一疊「小紙條」。

有一個外表清秀，大概二十多歲的亮麗女孩選中了他。他知道自己沒有缺了一塊。他心想：這個主人一定會很愛我吧！

女孩帶他回家，開始使用他：

每隔幾天，他身上就會被撕下一張。他總能感受到筆尖的墨水在他身體上流淌，女孩的手是有溫度的，所以他感到筆眼也散發著溫度。

「今天有一個男生跟我告白，我不知道他是不是真的愛我。」女孩寫道。

「哦！他送了一大束玫瑰，我有點不知所措，禮物有點貴重，但盛情難卻，我還是收下了。」女孩寫道。

「記得每天要微笑。」女孩寫道。

「他真的對我很好，可是我想到我父母的婚姻是那樣，我就不知道我可以不可以真正地擁有愛情。」這次筆尖在他身上滾得特別用力。

小紙條感覺自己過得很快樂，他覺得自己越來越理解主人。而且只有他知道主人的淚水以及手的溫度。但隨著一天天過去，也漸漸開始擔憂，他發現自己的身體越來越扁，他覺得自己能用的地方越來越少，他怕有一天離開女孩。

終於，他身體的最後一頁也用盡了，徒剩底頁的他又回到了廢紙回收場。

對於曾為完整紙條，他發現那些時刻太幸福。相比此地的哀滄，長久的歲月使他靜下心來。

風伯伯在奔跑的路上聽到小紙條的呼喊，停下來，聽他娓娓道來。風伯伯心有戚戚焉，就告訴他：

「你知道天上有一位爺爺嗎？也許爺爺知道喔。你也許可以找祂看看。」

在小紙條答應後，風伯伯呼的一聲。他飛得好高好高，飄上了雲，來到了老爺爺面前。在他眼前是一位稍微發福的慈祥老爺爺。

「孩子，我想見你。」霎時，一陣溫暖的光包圍著他，小紙條感到安慰。

「在地上努力的孩子可以來到我面前，而你是我所看顧的。你可以來到我給你們建立的樂園。但這麼說之前，都有一個前提，你必須回答一個問題。」

「你覺得你這一生『幸福』嗎？」

小紙條回憶起他在世界上的點點滴滴，他不確定眼前這位老爺爺說的「幸福」到底是什麼意思，他猶豫了很久，內心有個聲音告訴他：你只要說幸福就好啦！這樣就可以去樂園了！但他內心有個很清楚的聲音告訴他別這麼做。

很久很久，小紙條開口了。

「我不知道我幸不幸福，但我可以把我在地上所經歷的，所做的事都告訴你。」

在講了一大串後，胖爺爺摸了摸他的小紙頭。

「嗯……，哈哈哈，你還是沒有告訴我你幸不幸福呢！這樣吧，如果你變成跟那女孩一樣的『人』的話，那麼或許你可以知道自己幸不幸福。」

小紙條滿心歡喜，因為他真的很想知道在自己被用完後，那個可愛女孩過得幸不幸福。

接著老爺爺又開口了。

「可是，如果變成了人你覺得不幸福，那麼你就不能來樂園囉！而是會變成什麼都不是。」

跟爺爺再三確定後，小便條成為了人。

小紙條變成了小男孩，他很快樂，也一天天長大。

他很珍惜自己能跑來跑去、跳來跳去，能跟他人表達自己的意思。

他從小就是阿嬤帶大的，阿嬤非常疼他，時常跟他講故事。

他對一個女孩產生了情愫，女孩跟他分享了好多好多的生命，他好喜歡。

他很好奇，想知道阿嬤是怎麼跟阿公談戀愛的，在問了阿嬤好久後，阿嬤終於從一個封塵已久的箱子，拍了拍灰塵，拿出了一本回憶錄。

翻開了幾頁後，男孩感到一陣驚恐。他看到了一個男人盛著盒子跪在女人面前的照片，那個盒子跟他以前的樣子好像好像，但他沒有印象有被這樣使用過呀！

「阿嬤！這是誰？」男孩抖著聲音說。

「孫啊，這是你阿嬤的爸爸媽媽哦，你應該要叫阿祖。」此時阿嬤閃出了脈脈的淚光。

「你阿祖有一天跑去嫁給了別的男人，頭也不回的走了，或許阿嬤必須面對自己的孤單，我那時想在她的婚禮上，送一份最特別的禮物給她。」

「但我最後還是沒有送出去，或許那時的我覺得能改變什麼。但現在回頭想一想，根本不是我可以挽回的事情。」

「孫啊，愛情不是那麼容易，但你要知道，阿嬤很愛你的。」

忽地一個畫面，打進了男孩的小宇宙裡。在他還是盒子時，女孩挑起他並不是因為買一送一的關係，而是因為女孩對那華美的外衣有經驗共感。那個畫面也告訴他，女孩最後不要他並不是因為那個角，而是因為她怕當這個外衣出現在受贈者眼裡，會勾起難以啟齒的回憶。他發現他自己那時候就因為缺了那個角，沒有被輕易買走，才等到了那個願意好好端詳他，把珍貴的珍珠給他的女孩。

也有一個畫面告訴他，在他是紙條時，那個男人送的玫瑰再多，都沒有女孩的眼淚多。女孩把自己很重要的祕密貼在自己小房間的鏡子上，回想起來，女孩那時天天看著他，女孩不斷對他說要加油，好幸福呀！

他不知道那個她是不是那個她，也不知道那個她是不是他現在最愛的人。

男孩跟阿嬤一起享受了這甜蜜的時光。

你說男孩能不能去樂園，我不知道，但他仍在道路上，試著追求和理解他的幸福。

因為他原本是「小盒子」。

第一章

細雨霏霏，雨水洗涮這城市每面廣告看板，城市的塵埃已然隨著水溝，遠離塵世。空氣中的雨水滴落至坐落於我，透著落地玻璃窗所仰見的 7-11 招牌。順著吸引蟲聚微弱燈光的搖影，我凝視的那點雨水匯集成往下的水痕，帶著灰塵直入暗壓壓的柏油路。眼前的光景，除了房子棚台的邊際灑綴的幾點光亮外，和幾輛零散的腳踏車、摩托車的金屬面泛出著黃光，透過全家便利商店的玻璃反光微微地刺入眼，其餘角落都黑乎乎的。我知道這黑不是空無一物、吞噬所有的黑。是存在著什麼東西，是有聲音的，是有氣味的。黑裡有貓、有便利商店整理好的垃圾、抽完亂丟的菸蒂、檳榔渣、印有發黑肺臟的香菸盒、沒有油的打火機、有一叢一叢亂飛的蚊蠅。和依循著某種規律，但在我的認知裡是令人一想到去那裡，就會感到微微不安的東西。

我在 7-11 對角的全家便利商店單人高腳椅座，桌上放著為了稍坐於此而買的便宜冷式曼特寧咖啡。商店內循環放著花澤香菜的〈戀愛循環〉，和傳來一陣陣肉燥泡麵香氣。偶爾不經意，行人在我面前避著來往車輛所濺起的水花，於柏油路和紅磚道上下穿梭違停於人行道的汽機車及雜物。

「雨為我們洗鍊了一切的塵埃，給我們難得乾淨的空氣，使我們有豐沛的水資源，滋長了眾多的生命。為何我們不能像古代人跳著只有壯士和妖精才能頌讚的祈雨舞蹈，而是要撐著像是遮羞布的傘，不能迎接大地給我們的恩澤呢？」

隨著如宇宙微小的沙絲，思索著大千世界與人類社會的關係。有一個外表女性的身影聽到我的祈禱似的，在全家商店玻璃外的柏油路上。全身浸入雨水的洗禮，右手在頭上放著一個黑壓壓的遮墊物。落撒微微地街燈黃光，在她背離我小跑的七分褲小腿盈閃著，隨著她腳彎曲離開地面，小

火星人

腿後方突起的肌肉面就印著光閃一下，如此耀眼，也許是褲管的金屬扣吧，我想著。

她會是她？她的背影讓我漪起所思慕的那女孩兒的身影重疊，長髮、穿著連身吊帶褲、小跑搖擺的姿勢、角度。我注目著，試圖讓身子進入到我原本在玻璃屏幕前觀瞻的世界，順著那女孩消失的方向端詳了好一陣。

「誠豐，你看地上有上帝的印記。」我憶起同樣是下過雨的陰天，我和思牧因著我不太清楚是什麼原因，單獨走一段。思牧指著樹林旁的一塊生著斑，但確實面上有人工畫過的整齊十字粗線條樣式的石磚。那時細條的石子路如森蚺繞著整片樹林邊際，又濕又滑，路僅能容下一人走過，若兩人並行，就會不經意地踩到草叢中的濕泥。

「聽說這種樹林至少有兩種人的靈魂。」思牧看我仔細觀看石磚，腳觸地不時發出嗶咻嗶咻的聲音。我跟在她後面看她前腳指支撐時，腳根離開鞋底的那一面，水滴落到石磚上，週而反覆。我想著，因著踩踏，我們的鞋到底移動了這條路上多少的水呢？有多少比例的水是從我們一開始濕，就附著在我們的腳底？而當我們走完這條石子路時，腳底又殘留多少最先弄濕我們腳底的水分呢？大部分的水都變成有著似鞋印的水痕，這些水痕存在於我們踩踏完的那一刻，消失於下個太陽出來時，究竟對於我們有什麼影響呢？對這裡有甚麼意義呢？次來者會意識到這些水痕嗎？這些水痕在這裡對於世界有意義嗎？我保持盯著思牧鞋子後方半公尺的距離想著。

「一種靈魂生前是選擇讓自己死亡，一種靈魂是自己選擇死亡的歸處。」在行走間，風在耳邊倏倏吹響，我不太聽得見她面向前面所說的話。

「我聽不到。」我由她後方向前傳聲。她停下來，轉向我。

「有許多自殺的人怕在自殺的過程被人發現，選擇到一個自殺過程不會被中斷的地方。有人死後不想立牌位，不想讓後代在他靈牌面前插滿香，想在死後找一個地方，不打擾別人的生活。這兩者的共通點是——樹林，所以我才說：『這裡至少有兩種靈魂，一種靈魂在生前選擇讓自己死亡，一種靈魂生前是自己選擇死亡的歸處。』」思牧說。「不過這裡所說的死亡，是指肉體的死亡。而那塊石碑，或許是讓眾多生靈安息，又或是紀念一個不知該從何找起的生靈。」

此時空中飛停著幾隻大蜻蜓，牠們有時不動，近距離一看，雖沒感覺移動，但翅膀那塊模糊而振動著。一下子又轉了個大圈兒，總留在至少離我一公尺的距離。

「大多數人不能決定自己的死亡方式。而在灣仔，能立定遺囑，家屬完完全全遵照死者自由的樹葬方式也是少之又少。」我始終看見頭頂上方有一團蚊蟲，也許是頭上方的風大，居然沒什麼被咬的感覺。

「是啊，按照基督教的說法，上帝不太允許人們選擇讓自己死亡，這樣不能決定讓死後的靈魂有個好歸宿。再以基督教的說法，上帝對人有死後的審判，所以我們不能決定我們最終的歸處。」我思索思牧所說的，走著，轉了個彎。遠處間隔自然與鄉村的石牆，與天空和地面的交際線平行。隨著不斷直直前行，我知道直直森蚺狀的石子路要刺入橫排的石牆，成為某種十字記號。

「真奇怪，我們生前能決定我們生前的事，我們死後卻不能決定我們死後的事，這又是為什麼呢？」思牧鞋子也開始發出嗶咻嗶咻的聲音，並且越來越大。

「誠豐，我告訴你哦！」她轉頭，嘴咬成幾個字形，正準備努力把她所說的記下來時……。

聽到冷飲櫃門撞擊聲，從思索的潛意識記憶回神，我聽著位於我背後方一個小孩穿著雨鞋踩出嗶咻嗶咻聲。側上方的冷氣口直直撫著我的頭髮，不免有些冷。

我仔細的思考剛才打盹的內容。我察覺，有些模糊的地方竟跟我身體深處的某種意識同步，清晰地可怕。

不過也許是我潛意識偶爾不時想著她，想著那天大家一起去公共泳池，她穿著連身泳裝。我坐在池邊的椅上，望著在水中的她。她全身浸在池子裡，順著水壓，使身體浮起。先是在她所在的位置冒著泡泡，和以泡泡往外四散的水波。接著波動中會看到一個黑黑的影子仰式浮上，先是出來她的上額，其後一下子冒出鼻根、眼眉，再來是嘴唇。嘴咕嚕著，吐出兩口水。這畫面好似我小時候在浸信會的牧師給母親施洗，讓生命順著水的靈誕生貌。

記憶跟這些水一樣。一下清楚，一下又不清楚；一下混濁，一下又不混濁。不論是池子裡、天空中，還是排水溝裡。有時看不清，記憶生久了會漸漸與我們的想像重疊，霧靄的腦可保護我們過度專執於無法挽回的事。

關於她的記憶。隨著時間的橫移，我有時搞不清哪件事是真實發生的，哪件事是因著想著她而形成好似真實的睡夢影響著我的記憶。又有哪些事是我跟她實際未發生但聽別人說出來，好像真有那麼一回事。

但記憶與現實的邊際，有時候不是那麼重要。我只知道那些記憶中，有幾個時刻她矜持的樣子特別鮮明。如戴口罩呼著氣，夜雨的路光透在熱霧霧的鏡片上，看到一個個鑠閃放漫的彩色花片。

我沒辦法確定我有愛過她。但確定的是，我的確有很長的時間，喜歡著她。對於喜歡的定義是：「對於一個人的影子長期占據腦海，並且有明顯不同於友情的非分之想。」說沒有愛過她，是因為我不曾瞭解她甘於怎樣的情況才有被愛的感覺。對於我的記憶而言，我只是用自我意志，依循著對她這麼做我感覺會好，所以希望她也感覺好。當然，對於一個人能否感覺到他人的好，以及她的感覺能否感受到愛。又是否不害怕接受這樣我稱之為好的好，又是另一回事。

把喝完咖啡的塑膠瓶丟入，便利商店向我道別。我進入柏油路，天空仍下著粉雨，擦了擦衣服，插了插口袋。在看地上淹積水的同時，我的臉在水面浮上，又緊接著，腳踩進水灘，激花飛濺剛映著我臉的水面。

「你殺了她吧？」某種聲音控告著。我邁步走入，角落的黑。

第二章

我印象中，這是與她第一次見面，但老實說，我不確定。剛進入大學時，學校為新生辦了「新生新生活」活動。有著文藝復興風格的學校禮堂，高挑式的牆垣。開放式的窗櫺外，春意闌珊的鳥鳴，對比嘰吵吱喳的人群。我站在禮堂的至高處，掃視燈光打在一片準備步出禮堂，黑壓壓制服的頭頂。像看陽光照耀在樹蔭縫隙，在地上粼粼閃閃的光點。

第一眼我看見的是她剛要轉身的側背，旋轉引起的洗髮精分子味柔順地飄散在她與我的四周。這麼明白地說，我不是懷著對異性渴望的心態要將她身上的某部分化成自己的某部分，而是身為常人的我需要稱之為氧氣的能量，來與我肺泡的二氧化碳交換。但吸了一口後我覺得自己得到了某種「非氧類」的能量，這能量從我肺葉舒散開來，神經連結的身體某處微微輕顫一下，潛意識試圖告訴我這一刻有一些微妙的變化，或這變化僅是讓我得知，這個洗髮精是「飛柔」牌。

「你好，我叫思好，歡迎來我們社團。」她低頭以向左一百二十度迴轉，把一張入社報名單遞進我的懷裡，在我看向社團宣傳單前，我的眼角餘光只掃到她唇瓣下邊臉。出於對認識洗髮精的熟悉感，出於對青澀大學生身分的嚮往，出於陌生的柔情是最溫柔的理想鄉，靦腆著。

下意識拿單子，一抬頭，人流如一條條攢動的舞獅已經列列等候排出禮堂的體外。每人前胸貼後背，捨不得讓其他人插入一毫。那個自稱為思好的她已經被人流擠離到老遠的另一邊。怎料，又一個回神，兩手空空，直至禮堂寥寥無人，翻尋遍地裡也找不得那張紙。禮堂的觀眾燈照得我有些發暈，彷彿剛剛的那串經歷是妄想和幻化交織著，或某種我心中的嚮往投射而出的繆思女神，透著大燈和虛實不清的腦分子想像而成。

我渴望再見到她，那時我想著。就像在灣北市的某條街區，某間店裡，穿著得體大方，相貌令人傾心的女孩子比比皆是。但沒有哪個女孩子，令我有不再次見面不行的感覺。可我對她有種渴望，好似不能再次在這個世界見面，能掌控的某種東西就會從手指縫間溜走似的。

但能不能再次見面不是我能控制的呀。

第三章

我因著特殊的入學考試管道，加入學校的資源教室——三一三。三一三是學校愛宣樓三樓編號第十三間，有五個個管[1]輔導老師會固定在那間辦公室辦公，分別處理五大類身心障礙學生在學校活動的大小事宜。資源教室配置有兩台大型印表機，一台彩色，一台黑白。多功能茶水間，無障礙廁所和商談室，三一三隔壁的三一四室有著一般教室的兩間大，作為資源教室學生的多功能活動中心使用。二樓和一樓教室多作為特教系學生上課地方，樓層採用中空挑高。一樓中央常常有特教系學生布置展演活動。我有時搭大樓外側電梯到三樓，會聽到樓下小提琴或薩克斯風的樂音，像飄煙一樣裊裊入耳。

初來乍到資源教室的新生說明會，學長明顯多於學姊。多功能教室布置一些氣球，上面畫了些《辛普森家庭》成員的臉，好似用企求的表情說：「來唷！來入坐呦！好吃又好玩的歡迎會開始囉！」

新生說明會中，有兩個學長，剛開始記不太起他們的名字。後來多聽別人直呼他們幾次，文峰因為名字中有個字和我同音，最先記住。欣彥則是一直聽別人叫他為「直升機長」，我也默默記了下來。文峰走路的動作顛簸，口語表達清晰流暢。欣彥坐電動椅，從老師和幾個學長姊跟他對話的頻率，感覺他是最受愛戴的學長。

「嗨，誠豐。我叫欣彥。」活動結束時，欣彥找我講話。我站著，躊躇不知道該以什麼方式應對，直挺挺，肥碩的肚子挺出對著欣彥。

「很開心資源教室又多了個頭這麼高大的學弟。」他仰式朝我看，那眼神是這麼真誠，讓我羞澀地回應他的目光。

「欣彥學長好，學長家裡是開直升機的嗎？為何大家都叫你直升機長呢？」想說別單刀直入地問。在灣仔，「家裡開直升機」通常不太可能，所以我以這種錯別式的問法作為開場白，希望造成反差印象。聽我說完，他使力拍了電動椅右邊的扶手。

「你看我坐的椅子。來，到我的背後。」他比了比，我繞到學長後方。

「椅子下方有個按鈕，按下去會有個像螺旋槳的裝置開啟。」

「在哪裡？」「應該再右邊一點，再下面一點……」我找了一陣，都找不著。我埋頭認真聽他所說的方向，仔細尋找按鈕在哪。

文峰此時踩著顛簸的步伐走過來，開頭打了一下欣彥正在抖動的肩頭，作勢再抓幾下。

「哇哈哈哈，哇哈哈哈，我知道錯了！別騷我癢了。」

「劉、欣、彥。」文峰一個一個字咬清楚，鏗鏘有力。「新生座談就在欺負學弟！」

「誠豐，我跟你說。欣彥之所以叫直升機長，是因為他已經在這間學

校不知道待幾年了。從學士、碩士、博士都念宏曦大學，而且都是歷史系，這老屁股已經待了十幾年了。」

那天之後，三一三資源教室成為我航行於汪洋世界中心，心中的一處歸港。每次到資源教室，幾乎都會看到文峰和欣彥向我熱情地打招呼，三一三中間的桌上有時多了好幾包零食餅乾，成為歡笑聲拜訪之地。同學會在沙發區休息，或是在課餘時間來弄弄電腦，和輔導老師話家常。

1 身心障礙有幾大類，需要不同專業的老師處理學生需要，每個學生都有一個專責的個管老師。

來自正常的笑意

因為身心障礙學生的身分，原本家住北部，卻仍有優先權可住學校宿舍。苑宛西路和宏大路把校本部、圖書館校區和宿舍切成三大塊。其他校區都是紅磚樓，只有宿舍外觀的磁磚是淺藍白。聽說是在國民政府來台時期蓋好的，和校本部的文樓一樣列為三級古蹟。宿舍內部六人一間，大一的我被分配到和同系同學一寢。房間內中間一條窄窄通道，床鋪在各自書桌的上方，自連一體。踩著金屬桿爬上床，腳底特別痛。內部只能用陳舊來形容，但因為在灣北市學區中心，學校宿舍一學期的費用，比外面租一學期的停車格費還便宜，將就著用。六人擠在七、八坪大小的空間，拿著九、十公尺長的繩子繞在左右兩邊的床緣，拿來吊衣服。夏天洗好的衣服晾在室內，排出特有的男子汗味。衣服蒸散的水氣在空中飄啊飄，隨著天花板電扇，吹落在書桌，吸附棉被和枕頭裡。我們稱為熱帶雨林，是阿三做的，他以此為自豪。

聽其他室友說，阿三家裡是執醫的。時常剪成流線型短飛機頭的他，擁有美國護照。父母原本在附近就有豪樓，但想體驗學生生活，用了特別的方法住進學生宿舍。在他家辦過盛大的系聯誼會後，他有時跟我分享系上哪個女孩跟他眉目傳情。

有次我和他坐公車，到圖書館校區前，我先刷票，他緊接著刷。我的卡嗶了一聲特別語音「半票」，掃票機上面顯示「愛心票」。下了車。

「誠豐，你怎麼刷那種卡？」他臉上浮現一抹，令我感到非常詭異的微笑，如同面對一隻，在桌子逃竄的螞蟻。他把牠所有的去路都堵住，最後用罩子蓋起來，笑著說：「你怎麼逃不過呢？」大量的資訊瞬時在我腦袋打轉著，沉默片刻後，我告訴他我有精神官能症，有身心障礙手冊，所

以用愛心票。

我有時很痛恨制度體系，以及政府用「正常人」的思維邏輯來制定身心障礙的規範。每每要把身心障礙、有精神病的事實攤在陽光下，我的心就揪一次。有幾次，在和兩三個朋友一起搭捷運，捷運進站入口的刷票閘門，特別站著一個工作人員。拿著一個像警棍黑黑長長的儀器，只要我刷過感應機台，他就知道那張是愛心票。接著請我出示票卡，證明自己是身心障礙者。然後跟我同行的朋友們也全都知道了。

「其實我們都知道哦！」阿三拍了拍我的肩。

「你們都知道？」我如在轉輪中，不斷輪轉命運的倉鼠，心情緊揪著。

「開學時班級導師不是就在台上說，班上有四個特殊生嗎？」

「是。」我說。

「其實只要查查學號就知道，我們系男生學測入學的號碼是連在一起，指考是後半段的號碼，網路上查一下政府公告的指考榜單。排除掉後，就知道誰是考身障考試進來了。」

我心裡有種無奈以及悲傷不斷湧出，侵蝕腐化我想要保護祕密的潘朵拉之盒。

「不過你們四個都看不出是什麼症，之前有人猜你是自閉症呢！但自閉兒不是都不說話的？看你平常話挺多的不太像。現在真相大白了！哈哈。這也沒什麼。」阿三發出令我冷顫的笑聲。

「是，這也沒什麼。」我苦笑陪道。誰又知道我被捅成馬蜂窩的心情。

「我看你挺正常的，可是……」。

「可是什麼？」過去生病的自卑感疊加在身心障礙者的事實上，形成山巒障蔽使我的旅途充滿艱辛。在交際後，得知對方已知，總有分不自在。

「可是，你在晚上會不會變成另一個人格，拿把刀子在路上晃來晃去呢？」聽他這麼一說，我心裡有種強烈的嘔勁從胸口憤懣而出。

「沒事啦！開玩笑的，宿舍大家晚上不都在一起？你哪有跑出去。沒有生氣吧！哈哈。」

我們還是會偶爾一起聊聊閒事。阿三後來很少在宿舍過夜，後來下學期他就退宿了。那時我總感覺跟班上的核心團體有所距離，課堂上，阿三在我也在的時候，下課時聽到阿三在說什麼，一陣「噗哧」的音炸開，緊接著是一陣爆笑，我聽到聲音回過頭，幾個眼神接觸又飄忽帶過，心裡有說不上來的異樣。我隱隱約約覺得跟我的事情有些關聯，但事情沒有攤在陽光下，說白了，多想只會讓自己徒增困擾罷了。

可心情還是很差，就算我一直催眠自己「這沒什麼」。可心裡總還是有個黑洞，把我那些愛啦，與人當好朋友啦，傻呼呼的想法吸進深淵底。那陣子，我常常在夜晚獨自一人走在苑宛西路和宏門捷運站附近。阿三的語句在我心裡悄然化為某種具象化。原本不可能，但他這麼一說，可不可能的界線變得不是那麼清楚。一人獨自走著，會想像宿舍那把放在抽屜裡的水果刀，形成某種宿命，正握在手裡，露出尖光。讓自己的面孔，擰成DC裡的小丑，跳著被死亡詛咒的舞步，切斷靈魂與肉體的連結，癡癡傻笑著。

可是誰懂我的哀傷，我不想傷害任何人啊！

第五章

上大學前兩年的生病時光，為了填補生活大量的空白，我參加教會活動，並受洗成為基督徒。入大學後，同一分組課的朋友介紹我參加大學社團：社會基實社，裡面是以慕道友[2]、基督徒成員為主。基實社寒、暑假出一些公益性質的服務隊，平時上課期間，邀請講員分享或從事一些公益性質活動。宗旨以上帝之民的樣式活出真實的自我。

我去的第一天，發現不論學長、學姊還是輔導，都熱情地跟我寒暄。我在系上原本是宇宙的孤兒。在這裡，好像變成《獅子王》中的小獅子，被大量溫柔的愛心灌溉，與學長一見面的擁抱常成為一種溫柔的語言。

「誠豐。」聽見側背後的喊聲，一股「飛柔」牌洗髮精竄入我的鼻腔，那天在大禮堂的身影與我眼前部分重疊。

「我是思牧。很開心看到你來！」她伸出手，手的溫度與她身上的熱情明顯不同，軟軟柔柔、冰冰涼涼的。我印象禮堂那天，名字也一樣是思……思什麼的。實在是思考不出來。

為何對飛柔牌洗精的味道情有獨鍾呢？在我小學五年級的時候，我遇到一個，上了年紀，有躁鬱傾向，用體罰管教的女老師。其實我後來想，國小國中能不能遇到一個好班導，跟所謂的運不運氣沒有太直接的關係。五、六年級本來就是孩子銜接國中的重要過渡期。不用說在地方上有錢有勢，只要有在學校做個義工媽媽或代課老師，或許有些人就可以透過關係，安排讓自己的孩子，在升年級換班的轉渡期，安插進名聲優良、會教導引導學生的老師。

所以，不當管教班級的名額，就由我們這些小白鼠填補了。有著躁鬱傾向的班導，準備一根又粗又短（因為短才好施力）的實心木棍，每天下課、午休和放學，同學列隊，就打打打、打打打的。有時一天上百下，手發泡腫起來、沒有知覺，隔天還會痛。現在回憶起來，沒有印象做過多大的錯事，大多是沒帶直笛、文具、上課講話、午休睡覺時動來動去睜開眼睛、和同學一起帶塑膠鬥拚[3]被發現。但若想起那根木棍，千刀萬剮的碎片記憶仍不斷推著導師殺紅眼的巨大身影倒映在我腦海。

我有一天受不了這種無理的體罰，趁著手心還腫，打公共電話給母親。母親到校，學校的長官知道事情的原委，得知我因為受不了體罰，想換個班級。可學生轉班，資料必須調動，就必須向教育局告知理由，勢必會建檔記申誡，影響老師在校的考績和退休金。問我可不可不轉。

驚慌的心情讓我不能同情老師，天知道這向學校告狀，留在原班的我會遭受什麼待遇。我如在迷宮橫衝直撞的小白鼠，掙脫封閉困境。在我的堅持下，轉班。

天堂在我的地獄迷宮放了道逃生梯。轉班後，新老師叫婉霞，對我好有耐心。每每見面，總是給我一個自然的微笑，說：「你是優秀的誠豐」。教室後方，老師的座位香氣撲鼻，同學們都喜歡聚集在老師的位置附近。我在偶然一次逛家樂福，得知這個香氣的洗髮精品牌——「飛柔」。

所以我總對身上有飛柔牌洗精香味的異性，有種說不出來的依賴及好感。思牧戴了個金屬細邊圓框眼鏡，身體清秀柔麗。靜儷、白皙紅潤的皮膚透著蘋果光，臉上長著幾顆雀斑。加上身上的飛柔香，她的外在是我這種直男阿宅最喜歡的類型。可沒見過幾次面，只能算是很有好感，要喜歡還是要透過實際的相處。

大一的我，不太會因為對某個社團的某些人有好感，或是對一個地方有一點認同感及歸屬感。就如蒼蠅死黏在砧板上，頻繁依賴及參加活動。畢竟很危險的。「精神分裂症」、「思覺失調症」這些名詞，看阿三的反應，就知道。在灣仔媒體的渲染下，病患要向他人表明這個身分，是要有出櫃的準備，他人會以自己的正常看我的異常標籤。

我在入大學前的同一年五月，正在準備大考時，灣北發生捷運無差別刺傷傷人案件，那時也是我人生最灰白的時期。地點發生在西門到龍山寺捷運站的路途間，是我高中每天必定搭的。有誰會想到，好端端搭個安全又衛生的大眾運輸，有人只是在捷運上睡覺呼嚕幾聲，就嗚呼逝命了。政府請了各種宗教的領袖，佛法、超渡，包含我們教會的牧師也去做安息生靈的禱告。這對當時的常人們是多麼大的衝擊，在灣仔的人們心裡留下了不可抹滅的傷痕。

這事件，對灣仔國的影響非常深遠。那個月底，相關新聞媒體放置頭條。每天播送、放大恐懼，把受難者家屬眼淚潰堤和殺人者父母下跪道歉照做了強烈的對比。網友一個一個站上劊子手的位子，高喊：反社會的敗類、精神病患通通去死。

那時的我，躲在家裡，不太敢看新聞，網路充斥著群眾對弒者的怒吼，總感覺少了些對逝者的緬懷。恐懼控制著人們，也控制著我，在一個角落，瑟瑟發抖。因為腦海中有聲音告訴我：「你跟殺人犯有一樣精神官能症的標籤呀！」

因此，剛入大學，又遇到阿三這樣的反應。我實在沒有任何勇氣跟任何同學朋友說我是精神分裂症患者。班上同學都知道我是靠身心障礙入學管道進學校的。阿三又知道，勢必有猜測、轉傳。

所以，我不會輕而易舉，把我這層祕密的衣裳撥開，赤身露體在別人眼前。知道前與知道後的眼光差了好多。就算有人告訴我：「這沒什麼」，我也會出現阿三拍拍我肩膀的樣子，說：「這沒什麼」。是的，這的確跟他沒什麼關係，而我們的關係因此也什麼都沒。

大一時，我仍顧我行，穿著吸引不了任何異性的衣著，腳上套個很像拖鞋的涼鞋，喝著肥宅快樂水[4]，肚子碩大，發出男性特有的賀爾蒙味。

基實社的聚會我常常大遲到，我想讓人感覺我是隨心所欲，不守規矩的。因為我內心害怕跟人太近。他們發現我的祕密時，也許他們會把我丟棄。

我好想遇到一個懂我的人，可是在我不懂自己需要什麼的前提下，別人又怎麼懂我呢。

隨著在基實社和大家的相處，我發現思牧是我心中所嚮往的美好女孩。做事細心、沉穩又有條理，對人和善、會主動攀談落單的人。想想這樣的女孩，我又有什麼能力去追隨她，有什麼能力去守護她呢。

還沒開始，雖有嚮往，但我已不抱任何希望。

2 未受洗，但有接觸基督信仰的人。
3 為一種當時國中小學生流行的玩具。
4 碳酸飲料。

第六章

鄰近大一升大二的暑假，基實社社團主席珩志，在 facebook 傳了 Messenger 給我，邀請我參與每年暑假固定的活動：雙語營。

「暑假也沒什麼事，去看看好了。」

雙語營是社會基實社的活動，每年暑假前都會邀請社團的成員參與。出發前有三個月的預備期。目的是去嘉義的鄉村，阿里山的山腳：忠青，陪伴忠實國小的國小生，在暑期帶他們為期一周的活動。我們有營長、機動組、活動組、輔導組、英文組。在為期一個多星期的上營時間，前三天為預備籌備期，後四天為正式跟小朋友接觸的上營日。

活動組、輔導組、英文組這三組都有各自的任務要做。三組中各分一人，一起去帶一隊國小生，總共六個年級有六隊。一二年級混雜兩隊、三四、五六年級也如此。我被分配到了輔導組，活動組的簡芳和英文組的謙琳，跟我要帶一個三、四年級為主的班。籌備期間為期一個月，大家如火如荼的展開，製作教具、演練教案、開會。

愛跳舞的簡芳，常跑熱舞社處理幹部事宜，忙得不可開交，還要跑雙語營活動長的要務。我和謙琳深怕簡芳太過辛勞，把大多我們可做的事都包攬起來。

正逢大家準備好上營的前幾晚，謙琳家遭祝融，事關重大，她不得不放下一切準備好的東西，飛奔到醫院照顧她的母親。

那時我心情很複雜，像一根多頭燒的蠟燭，一方面不知如何安慰已做好準備工作的謙琳，要考量她不能去的心情。再加上沒有跟簡芳熟悉彼此的行事風格，不知只有我們倆的情況下，會如何配搭，我的工作量又瞬間大增，身體有時也出現呼吸不順的反應。

板橋到嘉義三小時半的自強號上，耳中繞轉著《未聞花鳴》的〈你給我的東西〉吉他版。看著窗外的風景逐漸從叢林都市到水泥色工廠，再到陽光透通著一片片黃黃綠綠的格子稻田。我用手機仔細閱讀上營前的注意事項。火車不時通過長長的隧道，讓我的網路訊號斷斷續續。

放下手機，閉頭沉思。身體有些壓力反應，回想珩志一開始告訴我的，這不是輕鬆的營隊。看似已準備好，卻會有很多突發狀況，孩子、夥伴、自己的身體都會出現意料之外的事。我知道不能告訴營長佳琪，我有精神病史，現在我們這一組已經風搖雨滿，人力又吃緊，我不想再添加無謂的負擔給夥伴了。

究竟這趟未竟之旅，將會對我有什麼影響？我的眼界會更開闊嗎？我能好好堅持到營會結束嗎？我可以在背負壓力的情況下，善待周遭的所有人嗎？我問自己這些，只要等待，或許會有答案的問題。

脖子上靠，設好鬧鐘。闔上眼，做了一個不管怎樣都不會睡著的夢。

一到嘉義市，沿路發出行李小輪滾動在柏油路的聲音。買了盒雞肉飯，走向一天只發兩班車前往忠青鄉的公車總站，細算一數，要坐二十一站。

小型巴士繞了市區好一會，開始穿過層層的樹蔭。從巴士裡掃視的樓房越來越矮。車子進入山丘後，纏著山林，巴士的肚囊不斷蹭著蜿蜒的柏油路爬坡。天空先是一片轟隆作響，其後驟雨直下，開始傳出大粒的雨珠聲落打在頂棚，接著雨聲以巴士頂為中心擴散開來，同時遮蔽我四周所有的風景，漸漸聞到山裡特有的濕泥土味。坐在車裡可以感到車子的屁股不斷嗯嗯怪叫，在濕冷的空氣裡吐著一股熱。

有時也不知道是誰按下車鈴，但沒有人下車，讓司機發出咕噥不滿的咂嘴聲。上車時，老人居多，要先把拐杖撐進車中，才能邁步上車。有時又有人忘記刷票，司機又要提醒，如此反覆。每提醒一次，語調就會更上揚，總是沒好氣。

下車來到忠青站的邊坡，雨水匯聚成波，淹過我的防滑拖鞋，漩進排水孔。雨傘失去防雨功能，我護著行李箱前行。轉了兩個街角，來到暫住地：海鴿中心。

海鴿中心是由兩棟鄉村版的透天厝組合而成的。一樓的門是傳統的紗窗門，上方有收納鐵捲門的裝置，外觀的白瓷磚牆參雜了灰黑，充滿斑駁的剝落痕跡。鄭海殷伯伯是這兩棟房的主要負責人，前兩年，他還特別買了幾台二手冷氣，讓每年出服務隊的宏曦大學學生，晚上可以有個好眠。每年出服務隊，男女各使用不同棟。女生因人數較多，使用右邊獨立一棟，男生使用大家有在活動的左棟房間。

「誠豐，來了來了，快進來。你滴成落湯雞了耶。」佳琪露出她兩顆微微上浮的門牙，咧嘴對我笑。她是一位沒有什麼包袱，跟人很親近的學姊，是這次營隊的營長。而珩志和她，據我所知，在我進大學前一年已經是一對恩愛的情侶。

「我有點冷，可能需要一點滴雞精。」我吐出舌頭，把自己身形蜷成一隻哈巴狗狀。雨水沿著濕凝針狀的頭髮滴下，佳琪仰天笑得嘴合不上，邊拍手邊說：「我懂你的幽默」。

洗好澡，換好衣服，看著人陸陸續續到。簡芳也來了。我們一路排練教案到下午五點，吃個飯，大家開始唱詩歌，晚上還有分享心情的活動。

就在唱〈大山為我挪開〉，張開雙手沉沁在詩歌靈動的音律裡。起先我沒注意，但隨著感受到旁邊的人肩膀抖動，我再湊近一看，發現原本被頭髮遮住臉的簡芳，眼淚正在大顆大顆，從眼瞼滾動至下巴滴落。我趕緊溜出正在唱歌的人群，拿了一包家庭號衛生紙。我把家庭號顯見在簡芳的視野裡，直挺挺等她。簡芳拿起衛生紙擤了擤，哭完，我講一句：「對不起。是不是我剛剛手舉太高，打到妳了？」

她沒有讓我感覺任何要反應我的話。我感到她的故意忽視，大腦有點開始無法發號施令。控制身體的恐懼感襲上身，腦袋嗡嗡耳鳴著。這幾個禮拜所準備的東西，如同承載過重商品的馬車，輪胎胎壓異常的高，即將洩氣。我不知道只有我們兩個人，有沒有默契到營會結束。

大約到晚間十一點，佳琪傳訊息，告訴我請到樓下一趟。

「你和簡芳都是第一次上營，我們考慮到，三人一隊變成兩人一隊的負擔太重。」她嘴抿了抿，又說：「我想問你，讓機動組的思牧學姊來和你們一組好吧？」

我的腦袋在聽完同時，開啟利弊分析。以能力來說，思牧在我的印象中，真的很幹練，而且我對她頗有好感，希望更進一步認識她。對我來說，這真的是沒有弊的選擇。

「不過她有時常需要處理一些公務，多事纏身，帶小朋友的重心還是落在你和簡芳的身上哦！」

「好的，沒問題的，這樣思牧的負擔不會太重嗎？」我多思考一下，問道。

「我們已經溝通好了，思牧說她很樂意，叫你們不要想太多。」佳琪此時的眼神盯在我臉上，不同平時大咧咧地笑，不容拒絕的態度已表明。

閉眼時刻，我原本壓力好似已減去大半。卻還不知道，加入並不代表日後的風波不會結束，考驗仍需面對。此時的我，臉上掛著幸福的微笑，混在男人堆裡睡去了。

隔天一早七點，總務維興拉開了窗簾。對著睡攤舌頭的男人們耳邊，配上慘叫塑膠雞的尖叫，大喊：「起床了，起床了。」盥洗，下樓，吃早餐，聽了聽營長佳琪報告整天的活動流程。

第七章

昨天搭車的疲倦感未消失，身體勞累，心靈卻清晰的流淌著某種能量。晚間，分組相聚時，簡芳、思牧和我個別坐在圍成三角狀的三張塑料椅上，面面相覷。

「我知道佳琪已經跟你們聊了大致的情況，我們先來個自我介紹吧！」思牧把斜壓握拳在大腿前側的手，轉成勾在大腿兩側塑料椅下方邊邊，並立直了身子。

「謝謝思牧願意幫忙。」簡芳眼睛眨呀眨，流露放心的眼神。「我叫簡芳，興趣是跳 Hip-Hop，有時候也喜歡跳男生比較常跳的 Locking，會彈點吉他。很期待看到小朋友，我講話比較直接，直來直往是我喜歡的方式。」

「我叫誠豐，興趣是玩桌遊、看小說。常常在思考，身為一個人，究竟能做什麼能讓我們死時的回想是開心的，所以我來雙語營。」後面那段話，特別饒口，潛意識裡，想特別讓眼前這兩位女生感受到不同的自我介紹。

「哦，謝謝誠豐的回應。」停頓一下。「我叫思牧，你們我都認識，我是第三次來雙語營。我很喜歡小孩，會彈一點琴但不喜歡練琴，喜歡冰淇淋但不喜歡巧克力。」我聽著，偷偷把她所說的，回想複習一遍。

「時間還有很多，因為我們彼此都還沒配搭過，我特別拜託營長，在今晚的時間，讓我們可以分享一些關於自己的事，熟悉彼此。」此時思牧上半身往椅背挪了挪。「大家都是基督徒，我想聽聽看你們對於信仰的看法，為什麼會成為基督徒？」

簡芳開始滔滔分享，從小跟一個好朋友一起長大，國中時她的朋友性格完全大變，成為不良少女，最後成為教唆男生的大姊大，抽菸、去撞球館鬧事已是常態，兩人最後分道揚鑣。簡芳上大學後，那個朋友居然聯絡她，帶她去教會，成為基督徒。

「我從來不相信她能改變。」簡芳說著時，眼神透著熠熠光彩。「這告訴我，人能變壞，也能變好。人從壞變好後，能比原本的好要更好。」我腦中竄出一絲想法，受洗成為基督徒就是變好嗎？但我沒有說，因為腦中的聲音告訴我，那樣做不識抬舉。

「我從小在教會長大，直到上小學才發現，不是所有人都是基督徒。我應該算是第二代基督徒吧？這樣算是回答，為什麼成為基督徒了呢？」我聽著思牧的分享，得知對於原生基督徒，他人為何會成為基督徒，實在是個很好奇的點。

「我現在說不太出來。」沉沒的船沉默著。久久間，擠出了這句話，我不知道要怎麼說我的情況。顧慮到告知眼前這兩位，我有精神病史，會給他們製造無謂的負擔和多想。所以我給自己灌了口葫蘆湯，轉移話題。

「對於人為何是無神論、基督徒、佛教徒、伊斯蘭教徒或萬教歸宗。在我的價值觀，這些身分不太是我們能決定的。就像有人發明一個詞，叫『波新潘若秕』，這個搜尋網路瀏覽器，不會出現任何符合結果資料的字詞。」我吞了吞喉嚨，接著說。「只要那人沒向別人介紹，沒有人能用相同的思維方式想到那個詞，就算有，也不可能有一樣描述方式。就跟我們的信仰一樣，若沒人先選擇告知我們，讓我們認識世界有『基督教』這三個字詞存在的宗教，我們是無法自己選擇成為基督徒。

所以，若沒人選擇我，我覺得我不能『選擇』成為基督徒，每個人都是被選擇的，我們只是選擇接不接受這個選擇。就跟先有蛋還是先有雞的源頭一樣，我只能相信一開始這個選擇權是來自於上帝。」

其實我內心有個更深的聲音，我想在思牧面前維持我自己所想像的翩翩風度，讓她認為我有趣。我不希望在認識之初，就告訴她，我有精神疾病，及成為基督徒的故事。我希望她多認識一點我，再認識我身上這個強而有力、搶奪自身身分的汙名標籤——思覺失調症。

第八章

正式與孩子們見面的前一天，佳琪告知我們，據去年帶這個年級的輔導說，我們帶的三、四年級小朋友，各個都是天使。只要訂好班規公約，大多能聽話遵守。可有個孩子有特別的情況，叫楷漢，是阿嬤和父親帶大的。上課時間人常常不見，需要多注意。

我們晚上打電話給各個孩子的監護人，告知他們需要準備的東西。有些家長把孩子叫來跟我們說說話，我聽著孩子們靦腆的童稚聲，雀躍不已。夜晚冷氣的壓縮機轟隆隆響著，七八個二十幾歲的男孩們發出此起彼落的呼嚕聲，來迎接天明。

一早，我站在校門口，看著幾個小男孩以搶媽祖頭香的精神，提著便當袋，爭相衝到教室門口，簡芳在教室門口大聲說：「奔跑的是山豬！」

我們和孩子立定的公約寫在素色海報上，包含上課期間出教室要告知、上課有問題問哥哥姊姊要舉手，孩子們自己也提了一些公約，例如：不能和同學吵架、因為下午大家還要一起玩，中午要乖乖睡覺。

教室沒有冷氣，定立在天花板的風扇旋轉著幾坨灰塵聚在一起的細麻花。中午拿出便當餐盒，孩子們一個個如成熟的桃子，臉紅通通。

男、女生很自動分成兩區。簡芳和思牧落在女生群前，我則在男生區看男生們悄悄地把王子麵倒到餐蓋上，分享著。

「Judy 姊姊、Doris 姊姊，妳們……有男朋友嗎？」其中一個臉發紅的蜜桃孩，羞羞地問著。男孩這邊立刻暫停所有分倒王子麵的動作，把飯包進嘴裡，不發出聲音，當然也包括我。

「妳們快吃，吃完就告訴妳。」思牧轉移話題的功力真不愧是一流。但簡芳哈哈笑了兩下，差點嗆到：「有哦，Judy 姊姊有哦！」小女生們興致開始高昂，又問：「那 Judy 姊姊的男朋友是 Mick 哥哥嗎？」孩子們視線同時往我聚集，我把頭撇過去笑了笑。「妳們這幾天仔細觀察，看看是不是囉？」簡芳賣了個關子。「哦！」在教室裡意猶未盡，此起彼落發出。

第二天，發生一件事，正當我押隊趕往另一個活動地點，前方突然出現一陣騷亂。只見簡芳怒瞪著楷漢，大聲喝斥：「楷漢你為什麼要打同學？你知不知道這兩天我看你上課都跑出去，不怎麼參與活動，已經很火了。」簡芳高八度音的嗓門，令四周的人，如同在夏季直立的冰棍一樣。身上一直分泌黏黏的汗液，心裡卻涼颼颼的，包括我和思牧。

「公約不是說好，不可以打架嗎？」簡芳的聲音再次高八度。只見楷漢征征佇立，鞋子開始沙沙磨著地板，靠近簡芳，掄起拳頭。說遲時，我正要阻止最糟糕的事情發生。但楷漢只是往簡芳旁的玻璃窗戶槌了幾下。接著邊離開邊大喊：「都不要管我，反正我沒人愛。」喉嚨呀咿呀咿地喊好一陣子。

我內心有種憤怒與不能。營長在上營前，告訴我們，這幾天陪伴孩子，我們不能罵孩子。這些鄉村的小孩大多是隔代或單親家庭，有些家長管教的方式還是以控制性、打、罵和溺愛為主要的管教方式，孩子們心裡的小小孩已經受過傷。這四天的營會我們應該是要做到，給予這些弟弟妹妹友愛，不應該造成他們內心再次破碎。

「不要管他，都不要管他。」簡芳臉氣得紅通通的，不斷凝視著楷漢離去的方向，用袖口擦拭冒出汗液的臉頰。「你們先帶隊。」我不理會簡芳的話，告訴思牧後，小跑步跟在楷漢後面，繞學校一大圈。我始終保持他身後二到三公尺的距離走著，最後走進空無一人的活動中心。

「有喝水嗎？楷漢。」我早就知道楷漢每次離開教室，身上都會帶一罐水，他的皮膚黑黝黝的，身型稱不上是胖，但有給人種圓潤之感。這兩天相處下來，是一個單純，不善與同學相處的小孩。我其實不是問他要不要喝水，更深層的意思是告訴他：有人關心你。

「來，黑嘉麗。」我把預先買好，防範孩子們哭鬧，或是因為他們的行為很乖，獎勵給小朋友的整條糖果拿出來。「只有誠豐哥哥給的糖果可以拿。學校外面的哥哥、叔叔、伯伯給你的糖果都不能拿哦。」

楷漢靦腆的點了點頭。我又說：「其實你剛剛是想跟同學玩，交朋友吧？」楷漢不作聲。「哥哥也有過這個時期，我現在最好的朋友就是我打來的，男生打打鬧鬧很正常的。」又說：「不過當我漸漸長大時，我發現我使用的方式，同學不一定能接受。他們可能會不舒服。所以，當你能不再用打來打去的方式交朋友，你可以告訴自己，你已經長大了。」

「Mick 哥哥，謝謝你的糖果。我爸爸是開養樂多車的。下次你來我們家，我叫我爸爸請你喝養樂多。」他看向地板，說：「我也會向 Judy 姐姐道歉。」

我第一次聽到「養樂多車」這個詞。對這詞的想像，是類似裝了很多

養樂多

飲料的小型發財車。但後來才知道，那是用個冰櫃裝上輪子，裡面放冰淇淋、飲料，靠人力或電動踩踏車，後面拉動著冰櫃。

「好，那我們來打勾勾吧！」我對我會去他家裡拜訪打了個勾，為他不能告訴別人，哥哥特別給的糖果打勾。我們又約定他這幾天會好好地參與活動，再打一遍勾勾。

「男人的話，一百年不變卦。」

第九章

中午，思牧告訴我，簡芳中暑了，正趴在桌上。思牧在吃飯時間，要跑一些機動組所預備的流程，我幫思牧和簡芳盛好了飯。知道簡芳不舒服，盛得特別少，蓋在陰影處，讓便當盒裡面的飯菜安靜地等著她們。

孩子們吃飯時，我站在孩子桌子前，以自認為不吵醒簡芳的音量，說：「要不要跟 Mick 哥哥玩個遊戲呢？」孩子們投射出期待的眼神，我開始在黑板的右上角畫了個空心的愛心。「只要你們每天中午乖乖，不吵別人，認真參與活動，這個愛心會漸漸填滿，當愛心填滿並發光時，哥哥就給你們一個驚喜，怎麼樣呀？但反之，各位同學，如果在午休時吵同學，這個愛心就會越來越空，最後消失。」

「什麼驚喜？」孩子們異口同聲，湯匙時不時發出敲打鐵餐盒的聲音。

「這是祕密，你們怎麼也想不到，但只要愛心發光時，這個驚喜保證大家都會覺得很好玩。」我的臉進入陰影遮光處，抹上了神祕的微笑。

吃飯過後有一小時的午休，思牧拿了張椅子，背對教室，坐在走廊上吃著已經著涼的飯菜。我在教室，看著外面流光的粒子，透色過玻璃，交融但不混合的白與黃，散射沾染著瑩瑩流動的塵絮。思牧整個背身輪廓的邊際蝕著光，配上她所面對的教室外空地，每片綠色的樹葉在流動的生命裡瀉淌著金黃色的蟬鳴，風一來綠油葉彼此婆娑的聲音讓草叢間的精靈翩翩起舞。我頓時直立佇在那裡，若把我生命的每一時每一刻都幻縮在這須臾之想，我也不枉此生。

我呆呆凝望這一幅美如詩畫的風景，雖極不想破幻，但我告訴自己加深關係的機會也只有現在，還是拿一張椅子，走進叢林詩畫，歌譜自己的青春。

「辛苦了。」我拿了一小罐營隊發的、不冰的舒跑鋁箔包，遞給了她，輕輕坐下，飛柔牌洗髮精的香味竄入我的嗅覺區。

「謝謝。」「你也是。不想睡覺嗎？」她撇了我一眼，櫻桃嘴如脫動的兔子包咀著飯菜，繼續被眼前的什麼東西吸引著。我知道我是打破某種磁場、流動能量氛圍的罪人，眼前的陽光照得我羞紅了臉。

「今天簡芳和楷漢的事，你還好嗎？」我想關心她心情。

「喏，誠豐，你會好奇我為何中午不在教室裡吹風扇，要在外面曬太陽呢？」我聳了聳肩，靈機一轉，回：「我不知道你為什麼會想在外面曬太陽，但我覺得沒有什麼好怪的。」

她吞完一口菜飯，說：「我先回答你的問題好了，我看著楷漢那樣敲玻璃的方式，怕玻璃跟我的心情一樣裂開，冷汗直流。」油光在思牧包著飯菜的嘴瑩瑩流動著。「簡芳今天的樣子也是我第一見到，但看到她疲累的樣態，我能理解。」沉澱一口飯的時間，她又說：「就跟我為何還會想曬太陽一樣，當我處在一個容易心浮氣躁的環境，看看陽光能讓我的內心安靜下來，也就不容易和人產生磨擦。簡芳的事我會好好處理，希望你，如果想跟她溝通這件事時，不會讓她有被責備的感覺。」

「『曬翁司馬，胭脂妃福』。越熱的天，冰淇淋越好吃。」我說。但我任這句話的字義，任思牧恣意猜想。

「是啊，吵架之後的修復，能讓我們團隊的關係更加緊密。你知道我喜歡吃冰淇淋？」看著思牧訝異的樣子，我微微笑，繼續說：「看你在吃飯，不好意思妳忙著回話。」

在這個腎上腺素有點飆高的時刻，彷彿過去某種腦海中出現過的聲音告訴我。我該說些什麼，我們的關係就會更進一步。想理解一個人，先說些自己的一些事，這樣別人給予回饋的同時，勢必也會說一些自己跟自己有關的。可是這時的我，沒有想過這是多大的錯誤，這樣的錯誤成了契機卻也成了某種鴻溝，成為日後我怎樣也無法過的坎。

我轉著思緒和聲音說：「你想聽一個男孩的故事嗎？」

「男孩的故事？」

「是啊，這個故事有點兒悲傷，但男孩也很努力。以我的角度來看，很精彩。」

「是你自己的故事嗎？」思牧說。

「妳只要理解，是一個男孩的。」我說。思牧吃著飯，點了點頭。

「有一個雄心壯志、野心勃勃的男孩，夢想著成為實踐自己夢想的人。高中期間，努力競選班長，踴躍舉手當歷史、美術科的小老師。那時意氣風發的他還在一次班級考試總成績大退步後，甩晃著三七步走上講台在椅子上三七分坐著，君臨同學。在晨光時間霸氣地告訴全班：『老師說我們在她的眼中是溫暖的橘色，我們只要努力，屬於我們大學的蔚藍海岸在用它激情四射的波濤拍打著我們。』」

「男孩相信他可以做到任何他想做到的事，沒做到的事只是因為他沒想做。

後來升高三的暑假來臨，時不時接到南陽街的補習班，各個班主任熱情的邀約。他們告訴男孩，只要上補習班，考上錄取分數頂尖的大學，離實踐夢想的距離就近在咫尺了。男孩好想好想實踐他夢想中的夢想，他深信補習班每個老師上課傳授的都是預言和神話。」

「男孩真的很努力呢！」思牧從飯菜間擠出這一句話。

「是啊，為取得好成績，男孩看著母親將厚厚一疊雪藍鈔票交給笑吟吟的櫃台小姐。

男孩好興奮，每天泡在圖書館和補習班十多個小時，呀一呀一地哼著，看平常考試的成績扶搖直上，他的小腿也成直立的蹺蹺板一樣，在圖書館的桌下，伊呀伊呀的搖擺著。男孩心裡哼著周杰倫的〈本草綱目〉，手中旋轉著文具店裡最貴的自動鉛筆，他好快樂。他的快樂不是建築在理解了多少知識，而是他喜歡看著成績單的成長曲線，那些曲線在他眼中就是『舞』線譜，他正在做首歌，要用喜悅的心情來吟誦即將為他張開雙扉的大學之門。

好景不常，暑假期間，補習班的考試自然是補習班所教授的內容，只要預習複習，贏過百分之九十五的同學並不成問題。但視為所有高一高二加暑假努力結晶的總驗——有著鞭策驅動所有北區強校學生匯聚的大魔王『北魔』，來臨了。

妳知道，在大學考試（一月／學測）前，『北魔』有三次，而學測其後的第二次大學考試（七月／指考）之前，有三次『全國魔』。」

「只要在雙北市讀高中的，應該都有經歷過。高中真的不容易。」思牧說。

「那時男孩班上一個男孩認為很好的朋友，說他哥用充滿告誡的口吻告訴他，『北魔』對於考生，就好像狼來了對於膽怯的小豬，好似日治時期鄉野怪談的『警察叔叔』，『北魔』如海嘯曾摧毀他哥堅如磐石的信心。」

「這個形容還真是微妙，我可以想像小豬被嚇走的樣子。」思牧吸了舒跑，吐了口氣說。

「男孩一聽，盛氣凌人的男孩越發想要挑戰。他想證明別人達不到的他能達到，他能得到努力後豐厚的獎賞，他的埋頭是為了如奧運比賽的蛙式選手，得到憋氣之後重獲呼吸的冠冕。

男孩在北魔前一天晚上，在床上撫抱著他最愛的維尼熊小薄被，略為翻了翻他之前有錯誤訂正後的考題，母親提醒他要早點睡，男孩也聽話，闔上書本後闔上了眼皮。

男孩早上醒來時感覺精神特別好。他從龍山寺捷運站通往學校的路上，昂首闊步踏過一個又一個邊走邊抱食著書本的學生。他心中暗暗地帶著勝利喜悅的心情，痴笑這群臨時抱佛腳，可憐的書呆子。

男孩憑著解答技巧及腦海的印象快速地答題。憑著高昂愉快的心情速速寫完後，核對一遍題本的選項和答案卡有沒有劃對位置，就興奮地等待這張答案卡能化成甜蜜的果實。

考完試快放學時，心急的男孩不等考試成績公布，就在那個男孩認為最好的朋友慫恿下一起交換題目本對了答案。

男孩核對朋友的題本，打了好多個大勾勾，不時眼角瞄視朋友正在更改的題本。

隨著題本將要被改完，男孩面容的笑意漸漸移上朋友的臉，男孩看著滿江紅的題本，每個科目都比那個他認為口裡滿是『膽怯的小豬』的好同學多扣了二十分以上。男孩感覺自己的眼眶盈滿了止不住的分泌物，匆匆收拾了書包，撐上了遮羞布。

「遮羞布是?傘嗎？」思牧笑著說。

「妳好聰明，怎麼知道？」

「我有經驗，你說的這個故事我挺有共感的。」思牧又說。

「男孩沒回應朋友的留步，低頭快步地從學校回龍山寺捷運站的路上，遮羞布上上下下都充滿了液水，男孩濕透了，他完全沒注意他四周是什麼樣的風景。一路想著失望透頂的自己該怎麼對母親交代。他想像著那疊母親交給笑吟吟櫃台的雪藍藍鵲鈔，是父親在夏天忍受著工地的烈日高溫，冬天在泥瓦堆任風雨擊打的身軀，不吃不喝一個多月所換來珍貴的勞動汗水結晶。

男孩一回家，一在門口丟掉了遮羞布，立刻跪進母親的懷裡，趴著兜大聲哭號，任鼻涕與眼淚交橫印在母親的裙襬。他如失去彈性、斷開的橡皮筋，把考試日積月累的壓力，全堵進了母親的懷抱。在哭喊的同時，有個意念卻告訴男孩。他是用哭爹喊娘的方式，試圖讓自己對得起那疊父親汗水的結晶，讓母親覺得『乖，好孩子』。

對於男孩來說，題本分數與所投入的努力與集結的資源，不成正比。」

「我也有過，那總用各種不同的方式努力過了，但竭盡所能依然達不到，愧對身邊人的心情。」思牧回應道。

「『失敗了』這意念深深烙在男孩的心裡。

第一次『北魔』成績公布，男孩看著原始分數比一考完就對答案的分數高了不少，他沒想到班上有個某種『邪惡計畫』的種子正在萌生。」

「聽你這麼一說，男孩跟他的好朋友，在改答案卷時，好像哪裡怪怪的。」思牧聽得很專心，她居然能理解我的話中話。

「是啊，但男孩已經沒有鬥志。

『北魔』的確如那好朋友說的一樣，徹底摧毀男孩的心理，他變成『膽怯的小豬』。

第二次北魔、第三次……成績每況愈下，變邋遢的男孩去掛了精神科，醫生判斷為『自律神經失調』，開了些助眠藥給他吃。」我用手比了比邋遢的樣子，思牧繼續吃著，望著教室前方空地，陽光在草上蠟綠漸層成蠟黃的樣子。

在基本學力測驗前，這個自卑膽怯的男孩變成愛睡的小豬。每每學校都已在升旗唱國歌，他還在寫遲到理由表。學校教官略知他的狀況後，告訴他：『人生路走累了，就休息一下，看看身邊的風景。』但有個相反的意念同時冒了出來，他想：我眼前的風景如同充滿魑魅魍魎的暗夜，怎麼看呢？他想像通往國立大學的門扉已然緊閉，夢想已高速駛離，看不到車尾燈。」

「那個男孩好辛苦。但聽你這樣說，感覺後頭有光。」思牧說。

「是啊。一位對教學非常熱情、出色的公民老師光亮了男孩的暗夜，她約男孩在放學後來辦公室，拿著大包小包的麥當勞全餐列滿了男孩的桌前。老師告訴男孩：我們班級，在她的眼中，是溫暖的橘子色。她自己讀的是私立大學，讀私立大學並不是低國立大學的人一等。相反地，老師在私立大學尋找到自己的熱情和目標，她享受著系上課業相對輕鬆的環境，鑽研自己對法律的興趣。她努力考上研究所，最後變成了一位男孩喜歡的老師。

聽完，男孩對於有沒有考上國立大學不再這麼堅持，他把非得考上國立大學的壓力延後到了研究所，他倚著自己的緩慢步調，努力爬起來。在男孩心裡，他想趕走這頭藍色憂鬱的膽怯小豬，再次成為老師眼中充滿橘色亮光的小蘋果。在接近正式考試的一個月裡，男孩終於能讀得下書，踏進考場。」

「成績公布，他比第一次北魔進步四個級分，一般來說第一次正式大學考試（學測）要比北魔容易多了，大多考生的級分都進步個好幾級。

男孩其實心裡偷偷發懶，盤算著最有效省力，又可上符合他錄取分數最高分的學校。不想準備麻煩的備審資料，和需要精心著裝的大學面審。數學老師建議他，直接用繁星撕榜[5]的方式。可是因為他高一時是一個不把成績看在眼裡，志高盛滿的小子，他高一高二的成績加起來僅能撕到私立錄取分數中後半段的學校。」

「他很不甘心吧。」思牧說。

「是啊，男孩故作能理解數學老師為他的擔心及建議，但他心裡認為可不能就這麼妥協。南陽街老師的預言還在他的腦海裡繚繞：考上一所國立、錄取分數高的大學，你就會有好的人生、好的工作，有好的工作會有好的婚姻，你會成為眾人眼中的溫拿，你會成為人人羨煞的對象。同時腦海又生出一個意念，公民老師會鼓勵他上私立大學沒關係，是因為她知道他以目前的能力，男孩就只能上錄取分數低的大學。男孩想：如果我能再一次盡自己最大的努力，只要『成功』，橘子色彩的繽紛泡泡，昇華蘋果汽水的滋味。

男孩認為最好的同班朋友，因著優異的在校成績，成功撕到國立頂尖大學的榜單。好朋友告訴他，與其要男孩以現在的學測成績去申請，不知面試會不會上的學校。不如再考全國魔之後的第二次正式大學考試——指定科目考試。」

「感覺男孩的好朋友明明知道他的身體狀況，還一直鼓勵他憑著傻勁往前衝耶！」思牧說。

「妳也知道的，指考是一次定生死，分數直接決定錄取大學，是沒退路的，除非重考。

好朋友給男孩的建議跟他所想的一致，他想再努力一次，跟他的好朋友上一樣分數好的學校。但他沒有想過，等在他後頭的，是他差點將以某種物理上的方式、實質上的意義──殺死自己。

男孩也沒想過，他這個決定改變他今後人生所有的風景。接下來，是關於男孩他已經不在原本生活的世界，抵抗魔頭校長和幽靈女的故事。」

此時珩志在教室廊前，敲起搖鈴，宣告午休時間已結束。等我回過神來，幾個小蘿蔔頭的頭早已擠滿教室的窗框，露出一副我都知道的表情。

「不好意思，聊到忘我。」

「如果可以，之後有機會，請跟我講後面的故事。我很想知道後面的發展。」思牧說。

「好。」我說。

5用平時在校的段考成績和學測成績，直接錄取學校。

第十章

下午放學期間，又下起西南氣流引起的雷陣雨。家長大多騎機車到校門口接送孩子回家。雨勢減弱後，天空湛融出橘光，空氣涼爽下來。成群的鳥、兩三隻的鳥飛過紅霞，舒坦極了，我不知道鳥叫什麼名字。

傍晚，我們進行分組討論，要討論誰要去哪個孩子家探訪。

「對不起，你們一定覺得我不該，我知道不能對孩子兇的……他還跟我道歉……」簡芳先是拿著衛生紙呼嚕一陣，臉充滿紅暈，淚水混合著對愛的膠著與歉意。

「你辛苦了。」思牧站起立在簡芳面前。給她一個緊實的擁抱。

「中暑多休息吧！」

等她平復情緒，我們討論誰要去誰家。

「目前我們這組後天有兩個孩子的家長願意家訪，秀娟、楷漢。這樣我們有一個不能去家訪。」思牧說著。

對於來雙語營，我們能去看看孩子們的家，那是多麼珍貴的一件事啊！可是礙於能力有限，需要當地人找路。有的孩子們的家，在鄉村要開車好幾公里才能到。車上的位置也有限制。該把位置讓給思牧和簡芳嗎？我答應楷漢，會去他家喝養樂多的。可我內心還有個聲音，不禮讓女孩們去探訪，是不是自己內心有種聲音正告訴自己：「你是不想自己留下來幫忙才去的吧？」就跟我大考考不好，趴在母親兜裡哭時，讓偽善的自己得到：「乖，好孩子。」的讚美是同樣的感覺。

「我要去秀娟家，因為她有告訴我，他們家的一些事。我想去瞭解他們家的狀況。」簡芳說完，名額只剩一個。我正猶豫著，張口卻發不出任何聲音。

「誠豐，你去楷漢家吧！」思牧說著。「我已經是第三屆參加雙語營了，你們是初次，我覺得應該讓你們去。而且……」。

「而且？」我反問著，希望思牧說更多一點。

「而且，誠豐你今天有跟楷漢談一些話吧，應該想多多認識這個孩子？」思牧說。

「是呀，如果我能去的話真是太好了。」我內心因著思牧的善解人意，舒坦了不少。

「誠豐，你是不是有答應孩子們什麼事？」簡芳問。

「什麼事？妳說黑板上畫的愛心嗎？」我說。

「對呀！孩子們下午都變得特別乖，上課都乾巴巴地望著黑板。我想說他們怎麼變得這麼專心，原來是看向我身後的黑板。」簡芳又說：「我後來私下問秀娟，她告訴我說。只要他們表現乖，Mick 哥哥就會給他們驚喜？」

「是的呀，前提是他們要表現乖。」我說。

「我是不想多想，但我不希望以糟糕的結果收尾。應該不是最後找個原因，告訴他們因為沒有讓黑板上的愛心發光，就沒有驚喜了吧？」簡芳說。

「簡芳……」思牧準備插入話題，但被我用手勢打斷。

「放心，簡芳。這場驚喜宴的結果絕對不是每人發一條糖果的糖果大會。這個驚喜是非物質、並有紀念價值和互動性的。希望妳相信我，我保證不會讓孩子失望的。」

「誠豐，我相信你，只是我想跟你確認，這個驚喜是出乎孩子們意料之外的？」

「是的。」我說。

「我也非常期待。」思牧說著，給我一個肯定的眼神。

第二天與孩子們的活動結束，我仍與簡芳、思牧有很多事情是需要經歷信任與考驗。我想，要跟人磨合、知所進退，是一輩子的功課。和簡芳、思牧短期的磨合，也使我內心確實成長不少。我們最重要的目標不是要促進情感的融洽，我內心的終極任務是讓這群孩子感受到被愛，讓他們知道自己是該被看重的。

我在感覺愛他們的同時，我也有些感覺到自己是存在於這個星球、是真實活在人類世界的生物。這時刻，我感到我才不是存在於他媽的什麼虛空、妄想之中，什麼被定義為精神分裂症，吸乾活人氣息、沒有血與淚、喪失所有一切的喪屍。

整個團隊如一台進行的腳踏車，思牧就是潤滑轉動這台腳踏車的齒輪油。在我腦海中，開始漸漸多次浮出「思牧」這兩個字的聲音。但我的意志告訴我，不該輕易喜歡一個人，因為我不配得的呀！

隔天上午，活動課和孩子在大禮堂跳著簡芳主編的〈Baby shark〉的舞步，玩得不亦樂乎。下午分組玩了幾個單字塔的競賽。我則帶了如何用有限的竹籤、紙和黏土來做成最高的立體模型。

「誠豐，放學後，你願意一起搬椅子嗎？」我一人在洗手台洗手時，思牧從我的背後點了點我的肩膀，說。

「搬椅子？」

「是呀！明天是在學校最後一天，每個班級都有一個成果展，邀請孩子的家長來參與。」思牧說。

「對，是有成果展。」

「我們怕椅子不夠，需要從海鴿中心搬椅子來學校的大禮堂，而且……」見我沒許下承諾，思牧又說。

「而且？」

有時候對方沒把話說完，欲言又止時。我都會抓住機會，再問一次，讓自己多點機會聽到對方更深層一點兒的東西，也讓自己少些懸念。

「而且，關於那個男孩的故事不是還沒講完嗎？總不可以吊人胃口吧。」思牧輕聲笑著。

第十一章

我們約好趁太陽下山前來搬。下午天空再次染了點橘中黃。橘與黃的另一邊散著藍，至越遠藍就越深。可能是中午熱過了，南風伯伯捨不得我們流汗搬椅子，指揮著一顆一顆的豔紫荊擺動磨擦著蟲唧，舞奏鄉村的清晰與藍空中漸漸泛出的星星。昨日大雨致使我們不得不走僅容一人而過的石格路，因為草地還是踩起來有點軟軟的。

「昨天講到哪了？」

「你用魔頭和幽靈女給我埋了個懸念。」兩張塑膠折疊椅子在一起，警告我要好好對待他們，不斷發出喀啦喀啦聲。

「哦喔。讓我整理一下頭緒。」我說。

「慢慢來。」思牧說，領著我在前端走著。

「三年級下學期，男孩班上一半的同學都因為考完學測放飛自我。男孩的好朋友約他每天放學一起運動，打羽球從四點到六點，接著他再獨自去晚自習。

男孩第一次全國魔，考進全校前三十名，他對自己又生了點期待，他覺得還是有實踐夢想的能力。考後沒多久，在與他認為最好的朋友打完羽球後，一起走去自習室的路上，朋友主動和男孩挑了一個關於校園傳說的考驗。」

「考驗呀！該不會是什麼校園偶像劇出現的怪談吧？」我似乎聽到思牧在前方這樣說。

「是啊。我相信很多學校都有，男孩待的學校也不例外。曾經，男孩在學的校園，有人想不開，在暗暗的校園角落結束自己。學生都幽幽地傳說著，如果選擇穿越那個角落，不走九十度直角的話，還沒考上大學的學

生將考不上大學。如此成為怪談，男孩沒有聽聞過哪個同學敢輕易去嘗試。」

思牧走在前方，椅子超出她的背面好大一塊。我不知道在前面的她，此時的表情是什麼，而她又是怎麼想著我說的話，我只能繼續說。

「也許大家運動完後都累了，想尋求一些刺激，他自認為的好朋友跟他說：『你要不要穿過這裡，看看會不會考不上大學』，累昏了頭的男孩，在好勝的自尊心驅使下，穿過了。

隨著穿過去那刻，他感覺到有某種身體的異樣，有種飄忽忽，看不見但感覺存在的東西，濛濛地通透過他的身體，他的肺腑緊縮起來。男孩感覺不對，心裡大喊不妙，但已為時已晚。」

「男孩好辛苦，他的心應該坑坑疤疤的。」思牧頭側轉過半邊抬高，把聲音傳到我前面。此時空氣乾淨又帶點溫度，彷彿遠方即將西沉的光能要抓取一切未知，引導一切命運的波流從此時算起。我奢侈的空出一塊大腦，來思考我真的能在這個空間，這個時刻，這個光景，能這麼幸福嗎？

「我也不知道，但他告訴我。這個帶著玩笑的挑戰，成為了他的心魔。最終讓男孩得到一種永遠也不敢再調皮的教訓，這個印記如同燙得發燙的處刑腳鍊，深深烙入男孩的骨頭，刻骨銘心。」

「男孩在這件事後的沒幾天，從捷運站騎腳踏車回家的路上，正穿過平常騎的小巷子。突然，天上閃了一個黑影，打到男孩，他急忙躲避，險些摔車。回頭一看，在離他不久的地上，有一隻身上充滿劃著血痕的一隻，灰濛毛、長尾巴的死大耗子。雖無法證明天降此物，但男孩直覺這隻死大耗子是他夢中某種潛意識，兌成現實。回家不敢告訴家人，連連搓洗了幾遍身體，心裡蒙上一層幽幽的影子。」

「有個叫媛臻的轉組生，為了考一類組的指考，來到男孩的班級。她頓時猶如一顆裹著糖衣的蘋果，天降到一群有著大量雄蟻和工蟻的蟻窩。

她的臉時不時充滿著奶氣和討喜的小酒窩，頭髮燙成波浪狀。那時學校周三可穿便服，常常穿搭破了洞的牛仔褲，配上簡單乾淨的素色上衣，再套一個多層次立體感的水洗色短袖排釦外套、剃眉。兩隻鉛筆腿塗滿蜂蜜牛奶，右腳套了一個腳環，雙手外出從來都是提著袖珍型小包。身上時不時發散出一種特別、激起賀爾蒙反應的甜柑橘氣，對班上男孩們也熱情回應，之前還是勁舞社的幹部。

這樣一顆鮮豔的蘋果就落在男孩坐位的右邊，蘋果三不五時就會生出些小餅乾、小糖果給周遭的螞蟻們。日久生情，男孩對蘋果漸漸產生了好感。生澀的他，想對如夢似幻的蘋果，寫一封厚厚的『愛啊、詩啊、情啊』什麼的，在靠近蘋果誕生紀念日的日子，對她表達傾慕之意。」

此時我沉浸在回憶中，從下沉的日落透過樹枝斑駁交錯在思牧的素色上衣來看，搖影中筆直的腿，乾淨的外型，也許她有幾分與我記憶中的蘋果相似的特質。只要不是自我封閉的人，人與人之間大多都有可能找到相似的部分。可惜的是，心電感應是個高超的學問，一般人無法輕易習得。我們對於檯面上的人物，又或是陌生人，大多只能用眼睛去看。對於朋友、家人，多常也帶有自己的成見，甚至自己也不知道自己的內在是什麼樣子的哪。所以我儘量用理智告訴我自己，不可以將過去跟蘋果的傷害、影子投射到任何特質相近的人。

「然後？」思牧看我語暫了一陣子，將我從回憶拉回這個空間。

「男孩同時知道也有班上其他的雄蟻，爭著想接近這顆蘋果，他想先下手為強。他挑了蘋果生日前，心情不錯的一天，約了放學一起走往龍山寺捷運站的路上，把一封傾訴著厚厚喜慕之意的信，在邊走邊說時表達了所想所思。

蘋果跟男孩說：『我以為你約我是別的事，我在班上有喜歡的雄蟻了，我們就做朋友吧』。男孩表面神色自若，內心卻波濤洶湧，他自認為的努力又再轉化為『失敗』的現實。」

「男孩偷偷打聽到，蘋果喜歡班上哪隻雄蟻——是一隻身材精實、有著電眼、肚皮前面永遠放著八塊格子巧克力的雄蟻，他是跟男孩完全不在同一個班級圈的大蟻物——浩哥，他也知道，浩哥的跟班——阿忠，也對這顆蘋果瘋狂地分泌化學物質。裹了蜜的蘋果滋味太香，班上時不時的在下課後湧來其他班的螞蟻。

蘋果還是時不時地跟男孩，在網路脈脈地聊著天。男孩看著巧克力雄蟻跟蘋果互動層次愈高，親密動作也越頻繁，他的危機意識警覺起來。熱鍋上的男孩，急切的想跟蘋果進一步確認關係。」

「『我們看起來有很曖昧嗎？』，『你認為我是捻螞惹蟻的蘋果？』，『你以為你是誰？』。那個蘋果說。」

「因著與蘋果在網路上大吵一架，蘋果封鎖了所有的聯繫方式，男孩開始產生戾氣。從那天開始的晚上，男孩吹著母親為他大學考試特別買的冷氣，頭、背卻不斷冒出著濕濡的水珠，他的心跳聲作鼓雷響『咚、咚、咚』地響，吵得他睡不著。他的眼睛瞪直著，看著黑悠悠的天花板。意識告訴他，應該睡覺，來好好努力準備考試，但他做不到。」

「太辛苦了，男孩好難。」思牧說著。

「男孩去學校為考生預備的大自習室路上，用意志力控制著眼眶周遭的神經，死瞪著不閉。他的戾氣從家裡到捷運，從捷運到學校，周圍散著偏執的血氣。他坐在自習室裡，翻開書本，盯著，無法思考書中的任何句義。他聞到隔壁自習室不時飄來橘蜜蘋果的味道，恨意斟滿他的身心，他期待的考試此時成為他巨大的壓力來源，無法讀書的他好想逃避，考試日期卻死死地釘在他眼前。

如此有一天睡、有一天沒睡。恍惚之間，半夢半醒之間，他的意志生出了另外一個『意志』。」

「意志，是幻聽嗎？」思牧問。

「也可以這麼理解，但對男孩來說，真實情況要複雜得多。」

「這個意志不太像是自我的意念，對男孩來說，他比較像是另一種willness，只要男孩思考一個問題，想出並丟給那個willness，對面就會回應。而且willness是用非常深奧，富含哲理的俳句、微觀與宏觀思維方式的語句來回應。

為何說會回應，是因為身為僅十八歲的他，自認為並非可以想出『一句百義』『化巨成灰』博海的文義素養，而且willness所產生的語句，男孩並沒有思索之感。」

「這個willness告訴男孩：『我是自有永恆的，我是你，我是奇妙的，我是任何，任何不是我。』活了快二十年頭的男孩，他身體感到異樣的變化。從未有過這種經驗，他感覺活在超自然，運行在大千世界的萬化中。他興奮著，整晚痴痴地笑著，與willness聊天。他問了willness好多問題，

willness 都給他合理又富饒意義的句子。因為一切太過奇妙，他自覺把這個 willness 認定是『非實際形體，卻掌握任何運行於世、影響於世的力量。』

willness 也告訴男孩：『人類的確有自由意志，但這個意志的運用僅是依據這個世界存在，看似存在，看似不存在的『格』去運行的。說是自由，人的意志存在限制性，『格』理序了所有的混沌與秩序。隨著思維、形受用的進化發展，人會感覺他們的限制邊際會擴張，但在祂看來，是一樣的。』」

willness 用男孩覺得是輕鬆的語調，告訴男孩：『人的權力、人擁有有限之物的資源不均，形成階級意識、實物階級。上階級者自然而然就會給予下層級者限制，一圈一圈的限縮。』『就像同樣的目的地，若不考慮機動性，搭噴射機、飛機、搭船、搭火車、搭公車、騎腳踏車、走路，就是隨著資源多寡而限制，而噴射機是我們目前抵達目的地，時間效益的最大邊際。時間與金錢通常在同樣目的性的事物，成反比，但與所花的心力不一定成比。』

『物理時間在人們的觀念裡，每人一天都是二十四小時，看似公平，其實也僅是人們制定定義時間的規則。生物活著的時間有長短，時間對於有限的你們，實際上跟同種人比較，生死之日是不相同的。人們重新將世界的有機物，經由化學變化與物理變化重組，制定出服務或一件物質的價值，看似是以同樣的價金賣給相等階級，並親密程度相近的所有人。實則，每人獲取這些價金所耗的成本也不盡相同，對於每個相同單位的幣值，實質意義上，對每個人是不同的。』

willness 接著說：『總地來說，視為資源的錢和時間，本就沒有所謂公平之分。但人類對於物質追求的滿足，也受自身的視界和資源影響。』

『也只有人會對於不同物種行管制及約束，人把這個世界的海洋、山劃成一塊一塊的，誰是誰的，爭來爭去。但很少人能想通，人也只是寄宿於這個世界，試著把無形用有形約束起來，卻不知他們自身也來回於有形和無形之間。』

男孩從未用如此玄妙的角度思考世界，好似腦核中所有零零散散、遺失的，都聚合在willness。他的思考開始變得跳躍而敏捷，如同本是平凡人，因為這股力量，有個巨大的使命光，耀盡位於他前方的一切道路。哪裡有坑，哪裡可眺望，哪裡是荒漠，哪裡是大草原，在剎那間都看透並預見了。相比藉由考試來近一步實踐他的夢想，willness帶給他的世界是直接實踐他的夢想。」

「我感覺可以把這個Willness理解成某種源自於上帝的概念。」身為基督徒的思牧說。

「也許吧。隔天，男孩睡也沒睡，一早蹲馬桶滑手機，看看willness會不會透過手機告訴他，他未曾明白的事理。那時，line，這個通訊軟體，男孩剛剛使用，對於軟體的介面不甚熟悉。他一早看到，有個照片背景，充滿草原、藍天、白雲、彩虹的留言說：『誠豐，我是公民老師，你還好嗎？』

男孩透過照片來理解，此時的他，深覺位於人間與天堂的交界線，肉身的感官感知不斷被放大，思考、看事有著前所未有的視野。心靈感覺輕飄飄的。

有個意念告訴男孩，在天與地所不能管轄的異界中，有著天使與魔鬼爭奪著靈魂，他們不斷爭相施展力量，試圖影響人界。這個意念告訴他，小魔頭控制著校長，天使們為拯救學生們的心靈不被荼毒，引導公民老師來幫助男孩，因男孩有著最適合的體質及機會，可以成為拯救同學，及讓此地復興的使徒。

曾經，在高一時，班上有男生，在校長的背後，班級的長廊上大吼：『幹你○的○雞○』，班上同學在教室裡痴痴憨憨笑成一片，男孩也有笑，他身上同時產生對校長的愧意。既然小魔頭控制著校長，魔頭想必知道這件事，校長一定會對要奮戰魔頭的男孩做什麼事。」

「Willness 告訴男孩，校長已經派人在男孩的窗戶安裝透明隱形的錄音、錄影裝置，監察男孩的一舉一動。

男孩嚇得連忙哆索，早晨跟母親說話的聲音細如蚊蠅，身體也曲縮起來行走。意念告訴他，他該出去走走，不要只被監視囚禁，要去奮戰魔頭。willness 告訴男孩，魔頭和天使打了賭。如果男孩能日落前成功走繞市區一圈，小魔頭就會放棄控制校長，讓咒詛離開男孩所生活的市區、並遠離校園。一旦魔頭不再控制，祝福的鈴音會籠蓋男孩所在之地。

男孩一早告訴母親他將出門，開始啟程，男孩為了儀式，特意穿上白襪，配上涼鞋，這是他從未有過的裝扮。Willness 告訴他，儘管走，只要你遇到該選擇左邊還是右邊路的時刻，你就會在對應的方向，抽你左右的腳筋。」

「男孩一步出家門口，聽到天空響起巨雷，比士兵為征夷大將軍，放的禮砲還要大聲得多。他先看到手持佛珠，穿著袈裟，額頭有個穹起窟窿的迦僧，面帶微笑，拄著杖走過他身旁。Willness 告訴他，那是靈物之身，唯有領悟之人才能看到。他繞過監獄外牆時，順著意念拿起路上發酸臭、裹著黏液的寶特瓶，拿著手晃了晃，並問正在掃地的獄犯要不要。結果妳猜他們怎麼回？」

「他們不理你？」思牧偏著頭問。

「不，不是，獄犯大喊。」我憋起氣，向後仰，肚子用力吐出一句「這裡不是垃圾場啦！」

「也太有趣了。」思牧側過身來，肩膀上下劇烈地抖動，咯咯咯笑著。

此時路蜿蜒進入一條細長的石階路，石階路兩旁都是吸飽水，軟軟的土。左邊沿路長滿了跟人一樣高的石菖蒲，和一對不知什麼名的野雜草，迎光的地方黃油油的，遮光面則綠得深。右側看到有些低海拔雜林樹海枝柳，開始隨著風塵舞擺著身姿，晃浪撒漫著樹林的味道，與森林的動物居民發出交談的聲音。

「男孩專注於腦海中的對話，不管紅燈綠燈，也不看車，斜對角線穿越十字路口。他將右手握成拳，用並列曲起的前四指正擊電線桿，同時間，他聽到了身後的汽車按鳴著好長聲的喇叭，以為是某種非自然之事的開啟。

最後來到一座大渠溝旁的小菜圃，他穿著白襪的涼鞋，踩泡在條長條狀的塹溝泥水裡。willness 告訴男孩，此時的他，最接近「理」。『理』左邊的玉字部，好像一個王，右邊的『里』，妳可以想想這個字的輪廓，上面的『田』像是獎盃的盃身，下面的『土』像是獎盃的底座。男孩一聽，甚覺奇妙。「如現在的你，在田裡，在土裡，如同沒有力氣的男人站在土上。他平衡身體，拔起陷在泥水的腳，走出圍住圃園的鐵門外。」

思牧此時停下腳步，來到底下有著淺淺溪水的石橋上，看水有點混濁，流速也挺快的。

「誠豐，小心一點，橋的邊邊的青苔踩著有點滑哦。」說時遲，我腳一個滑動，眼看就要跌倒。倏忽，一隻手扯住我的身體上半身，我身體的重心才穩住。緊接著，我聽到塑膠椅掉到草苔上的聲音。我試著對待那隻手不用力，深怕一陣緊握會招來對方的多想及不適。

「腳沒扭著吧。好險沒滑倒。明天還有一天營要上。」此時的我，看著思牧，而她，也看著我。

「我……」我說。

「剛剛說到哪裡了？這椅子只能到學校再擦了。」她轉身撿起掉在地上的塑膠椅，抖了一下。

「是，我正準備講大排水溝。」我說。

「意念告訴他，位於右邊的排水圳，只要躍下去，他會化成詩人，靈魂幻化成祝福他人的詩詞，天使的靈會如搖籃裹著嬰孩一樣，向世人證明他是不會受傷的使徒。

男孩走向扶手桿，前進至一呎的距離停下，想著 Willness 告訴他的『近理』，對著欄柱，躬身九十度，虔敬的姿態敬禮。雙手先摸上漆成竹子色的欄柱最上邊，右大腿使勁用力，讓鞋腳的內邊勾搭住跟扶手最上方的同一條欄柱。接著重心隨著一個側盪，兩隻手就直勾勾的攀在欄柱上，身子隨著重心，在欄柱外晃呀晃，晃呀晃的。沾著泥的腳，滴滴答答地落著泥水。

『回家吧！』男孩聽到天空中有種飽實而廣袤的聲音，他身往後仰，鬆開兩隻手，癡癡的臉浮著幸福的傻笑。

「好危險哪。」思牧說。此時我們變成並排走著，我邊講邊不時回頭望向剛才滑倒的地方，深怕掉落什麼東西。

「男孩在醫院住精神病房將近一個月，與幻聽纏鬥，右腳綁著石膏。隨著用藥後走入稱之為現實的世界，Willness 消失了，取而代之的是，他被貼上一個『急性精神分裂症』的精神官能者的標籤。因著之前在學校發生的事，高中同學斷了聯絡，暑假過後，其他朋友交了新的朋友，大家都上大學，有各自的事做。」

「那很孤單的哪。」思牧回著。

「拆完石膏的男孩，可以行走後，和父親去工地和水泥，中午烈日下，跑跑腿買便當買飲料，啃著便當中，炸的皮已被飯的蒸氣弄濕的雞腿皮。男孩遠看著父親和工人的背影，搖搖晃晃地踩著鷹架。有時在正在翻修的房間裡，打牆的粉塵摻著飯一同吃下，中午休息時，就睡在旁邊滿是碎石的地板上。幫工人拉電線時，手上還有難聞的，和著類似松節油味的塑膠味，怎麼洗也洗不掉，只能等皮膚吸收。

只有高中學歷、有精神官能症、連基本的機車駕照都沒有的男孩，要怎麼找到一份自己喜歡的工作呢？男孩每次吃完藥都昏昏欲睡，躺在床上，睡不著，盯著天花板，發呆。雨沿著窗框流到下一層樓的窗棚滴答滴答，躺在床上的心跳聲也在腦海中，如計時般滴答滴答。男孩癡癡滑看著，在社群網路上，蘋果公主和浩哥手拉著手，上百人按讚的親密的Kiss照。」

「有一次男孩的父親載他去北海岸散散步，趁父親不注意時，他不斷往海裡的方向跑。父親見狀，趕緊追上男孩，把他兩隻手腕從背後扣緊，男孩此時發出聲音，不像哭，而是像某種齜牙裂嘴的怪叫，嘴裡不斷冒泡，吐了一點胃液。他掙扎著，好想掙脫看不見摸不著但確實存在，某種拴住他一切、綑綁他的力量。他好想泡進去，任海水灌滿他的嘴，掙扎、沉沒於沉默的汪洋中。」

「後來在朋友的介紹下，男孩走入教會，他遇到了善待他的同伴，他很想知道，他們所謂的『神』、『上帝』或『耶穌基督』究竟是不是Willness。隨著高歌後，固定參與教會的生活，讓他漸漸似乎在某種概念下找到自己的重心，他重新振作，開始讀得進一點書，他想再努力一次。

南陽街補習班告訴他，因為他沒有指考分數，如果要上重考班，要繳將近二十萬。這筆錢對男孩來說，是天大的驚人數字，他想著父親龜裂的腳趾，曬傷的黑腿參雜著脫皮後，白色的肉。

他用了一個折衷的辦法，報名板橋補習班的單科，只報名數學和英文。他又開始抱著書本啃食。每次沒力時，他就告訴自己，沒事的，我能的。

學校同意他以畢業生的身分，回學校參加北魔。他第一次就考到校排前五，母親看著他的成績單，抖著手，立刻拿出三百元獎勵他，他感覺身體寄宿的『膽怯小豬』，即將蛻變成驍勇善戰的山豬。」

「隨著鄰近大考，在一次補習班的小考英文後，坐落於擁擠的教室，他發現呼吸有點上接不接下氣。晚上，雖然很疲倦，身體彷彿卡著什麼東西。他再次感覺到某種飄忽忽，在他身體裡，幽來幽去迴盪著。『考不上大學』這句話，開始如荊棘在他內心生長。不是考不上分數好的國立大學哦！是『考不上大學』。

當他複習原本會寫的考古題，他發現字在紙上，但他盯著題目半小時，為什麼答案會是這個選項，他完全無法判斷。害怕感捲土重來，男孩開始查找網路，『如果上不了大學怎麼辦？』，他從錄取分數最低的學校開始看起，身體瑟瑟抖著，發著慌。」

此時思牧並沒有說話，她安靜的等待林間宣告日落的沉響，快到學校了，我想也許她是讓我多說一點吧。

「Willness 再一次打開通往精神世界的兩扉，拜訪男孩。告訴男孩，他來幫助男孩完成夢想，男孩癡笑傻地做了好多別人無法理解的事。他手扣著母親和弟弟的手，再次通往接近死亡的國度——精神病房。

又住了接近一個月，男孩出院了。醫生判為『思覺失調症』。男孩不再為考上一所國立、分數高的大學努力，醉心於電影和小說的世界。因為辦理了身心障礙證明，他可以考一場教育部特別為身心障礙學生所準備的大學入試，用最從容的心態考大學。

這就是有心栽花花不發，無心插柳柳成蔭吧。倒頭來，男孩反而沒怎麼看書，考進了宏曦大學。」

孩子們早已一個個都回家，我們來到學校空無一人的禮堂。看儲藏室的球具，這禮堂平時好像是學生的室內運動場。我們把椅子放好，準備返回海鴿中心。

「宏曦大學？」思牧說著。

「是啊。」我說。

「那麼……這是你的故事吧。」

「是我的故事，但男孩是那時候的我，並不是現在的我。我覺得這個故事必須在終端時，才能說，這是一個那個時候的我的故事。」我說。

「你前幾天，問簡芳和我，為什麼成為基督徒，這個故事代表我的回答。」我又說。

「誠豐，其實……」思牧脈脈含著字詞，我心裡等著她對我說出什麼重要的事。

「其實？」

「其實，我知道你是三一三資源教室的學生。」思牧此時語氣變得更加婉轉。

「為何？妳為何知道？」此時的我，有點錯愕。我似乎聽到阿三的聲音：「其實我都知道哦」這句話飄進我的腦海，生成某種硬物質，在我腦核中膨脹。

「因為……文峰是我弟弟。」

「在三一三資源教室的文峰？文峰是你弟弟？親弟弟？」我詫異地睜大雙眼，不敢相信她所說的話。

「對，這其實在基實社，很少人知道。我知道他認識你，就跟你說了。」

「可是我印象有跟他說我是基督徒，他倒是沒跟我說過他是基督徒。他也沒來過基實社。你們不是從小在教會長大的嗎？」

「是啊，我爸曾經還是牧師。關於我弟的事，可能要他自己說。不然我跟你說，可能也說不清楚。相信你跟他談起，他會回答你的。」思牧說。

「你爸現在不是牧師？」我問，因為思牧用「曾經」這個詞。

「佳琪！」遠處營長佳琪把手搖得高高的。「我等下再跟你說。」思牧向我輕輕點頭示意，她拉長我與她的距離，快步走上前去。

「吃飯時間到了，你們去哪兒了呀？」佳琪抱了抱思牧。

「我們去搬椅子。」一身職機動組的思牧說著。

「大禮堂的椅子哦？那不用搬啦，明早車子直接載過去。今天總務維興特別訂了當地人最推薦的雞肉飯哦！」佳琪說。

日落已宣告林間的沉響，對人類來說，森林變得未知和危險，要等下一個日出，森林才能開啟晨響，我們遠離在沉響和晨響這個時段之間的森林，走向令人感到安心的海鴿中心。

我身體的每個細胞，都還在處理感知，匯聚剛剛屬於我與她的任何細節，並試著仔細解讀著。這種感覺太微妙了，我希望還有機會，與她再在青色的天空下製造些青澀的回憶。

對於思牧，我察覺我身體中的某部分正在升起微妙的變化，究竟是哪裡也說不上來，但總之有確切地感到變化。喜歡一個人要先有好感，這好感像是一個點，接著若有時間並有質量的互動和相處，這個點會移動、跳動，慢慢會成為一條線。不斷在空間亂撞後，也許激發碰撞後產生了什麼，形成了某種圖樣，最後形成有確實意義的一幅圖。不論這幅圖以什麼樣態出現，可能對它有愛、有猶豫躊躇、有很多疑問和很多未知。但總的來說，這幅圖是在自己內心編織的，對它是有怎麼樣都擺脫不了的期待和遐想。並期待這圖成為真實，出現在我的生活中。

而我的心正如跳動的點，在編織著那幅圖啊。

第十二章

隔天，是在學校帶孩子們的最後一天，我們上午玩了搶椅子[6]遊戲。中午午休時間拉長，有與孩子們對話的一小段時間，讓他們可以寫一些心得和感想。

「各位同學，你們這幾天真的很乖，所以，我們一同努力後，黑板上的愛心已經填滿並發光了。」

包括楷漢，每位孩子臉上燙的青熟蘋果臉蛋紅得發光，一個個小小的雙腿在桌底下不斷的搖啊搖。

「我們來玩沖天炮遊戲哦！」我說。

「沖天炮遊戲？」其中一個孩子問著。

「是的，等等 Mick 哥哥會給你們一些橡皮筋，讓你們可以在我的頭髮上綁沖天炮。並且在你們綁完以後，我們可以一起合照，Mick 哥哥答應會綁到你們的爸爸媽媽，來參加你們的結業式，直到結束哦。」

台下喧鬧成一片。

「頭上綁沖天炮……。我以為獎勵是整條糖果。」其中一個小女孩嘟著小嘴，似乎臉上有些失落。

「各位，Judy姐姐我，真的覺得Mick哥哥很犧牲耶。像是如果要求我來被綁沖天炮，那可是很可怕的事情哪，而且我一點也不願意。你們自己會想在學校綁三歲娃娃所綁的沖天炮頭嗎？」簡芳如此引導著，讓小朋友彼此之間能有共識。

「所以Mick哥哥算不算犧牲。」簡芳繼續說著。

「算。」孩子們說著。

「是不是驚喜呀！」有在練舞的簡芳，用肢體律動說著。

「是，我覺得Mick哥哥很犧牲。」「對呀，我紮頭髮時也是很痛的。」

「這感覺很有意義。」小朋友手拍著課桌。此起彼落的聲音逐漸達成了共識——他們認為是驚喜。

我也謝謝簡芳，我們的默契，如一節一節的列車，在軌道穩定地運律著。思牧一直都在場，但沒有說話，靜靜待在一旁，放手給簡芳讓整個磁場空間自然而然發展。

「Judy 姊姊，我發現 Mick 哥哥和妳不是男女朋友。」一位小女孩居然記得第一天簡芳丟回給她的問題：「簡芳到底和我是不是男女朋友」。這好似這個時代這個年紀的小孩，對二十多歲的哥哥姊姊們，最好奇的問題。

此時大家全都屏息著，眉宇間聽著自己的吸氣聲，心臟跳動的幅度逐漸變大。

「我覺得 Mick 哥哥和 Doris 姐姐才是。」此時小女孩用大大的眼睛認真的對著我和思牧所站的位置說。我此時撇過頭特意不看思牧，感覺兩耳的邊際生出一陣熱，熱貫通脖子，血管擴張，大量運送著血液，直直往心臟的地方邁進。

「那天媽媽載我騎車，我看到 Mick 哥哥和 Doris 姊姊單獨走在一起。」女孩認真地說。

發光的心

「喔哦哦！」孩子們好奇的聲音讓我急欲喊著：「快點來綁沖天炮喔！」

「Mick哥，你今天會來我們家吧？」楷漢特別綁我的沖天炮綁到最後一刻，在我耳邊小聲說。

「是，哥哥會去你家跟你一起玩。」我說。

「那我就叫爸爸請你喝養樂多哦！」楷漢說。

6遊戲玩法為：椅子數比小孩數多一，開始時大家離開椅子走動，老師要搶到椅子坐下。

第十三章

結業式結束後下午，我正處理剩下的椅子時，鄭海殷伯伯大聲喊：「王誠豐是誰。王誠豐是誰。」我趨上前，他說：「誠豐，家訪時刻已到。」

坐上海殷伯伯的福特汽車，看車子的外觀，車齡少說也有二十年以上。車上加我擠滿了四個人，其中一個是鄰村的長老。另外一個，是忠青國小的學生。

「我先載仕緯回家，再去楷漢家。」海殷伯伯說。

也許車裡的人年齡差得有點大，不知道要怎麼開口，旅程剛開始，大多是沉默的。

到仕緯家時，我看到四周都被檳榔樹包圍的三合院。他下車時，雨捶打在車子頂棚的聲音越來越大，甚至還起了霧，能見度降低了許多。我正擔心這輛車頂受不住時，我們進入了沒有柏油的泥巴路，車身如浪船一樣，前進時，上下左右浮動搖晃著。此時，發動的引擎賣勁的嗡嗡用力作響，感覺前進的速度越來越慢。

「不好意思，要不要我下去推。」身為都市來的孩子，沒有遇過陷入濕泥地的經驗，加上不知道能不能這麼順利到楷漢家。緊張的感覺好似任螞蟻在腳底竄起，忍不住說。

「不用擔心，這台老車靠得住。只是我也沒走過這邊的路，需要一點時間適應。」海骰伯伯說。

此時因為開啟了對話，感到心門裡有些什麼真實的東西流了出來，那是一種無法言喻，卻又存在的東西。我想也許是看著隔著玻璃窗外的滂沱大雨，滿地的泥濘，我卻能舒適地坐在車裡，不用掌舵兼顧車裡人任何的安全。因為我被保護著呀。

「誠豐，你第幾次來雙語營。」海殷伯伯問。

「第一次。」我說。

「你是讀宏曦還是讀市北商大？」海殷伯伯之所以這麼問，是因為來嘉義忠青，這個梯次的雙語營，是由兩間大學的學生共同活動的。

「宏曦。」我說。

「那你認識許思牧嗎？」海殷伯伯又問，我不知他為何要特別提起，我心裡很在意的這個人。

「認識，我們現在因為一些原因，帶同一組小朋友。」我說。

「那真是太好了，許思牧是我在雙語營看過最……」海殷伯伯說。

「最？」我又試著讓對方多說一點。

「我不知到該怎麼形容。但我印象，自從前年她第一次參加雙語營後，她就開始在營隊結束後，跟進孩子們的狀況。一學期分為十二次，給雙語營的孩子們寫信、引導討論一些對人生有意義的課外讀物。那些孩子們寫的閱讀心得，我和太太有時會看過。光寫那些東西，批改回饋，就不知道花多少時間，全都是她一個人做的。我確實看到一些平常來海鴿中心的孩子，在繳交閱讀心得作業時，那種開心的表情。

連續兩年，寒假期間，她一個人搭火車南下，在海鴿中心住幾天。帶了好多孩子們喜歡的東西，為他們提前準備一個小型的聖誕節聚餐。我看她是學生，有時會忍不住怕她支出太多，因為我沒有給她任何補助。但她都說：『上帝的恩典夠我用』。」

語畢，頓了頓，海殷伯伯又開口。

「我很少看過在你們這個年紀，願意為鄉村的孩子有這麼付出的行動。她善良的心真是不可多得。」

「她有跟我說她很喜歡小孩，我也很喜歡。」我回應。

當心裡對一個人有好感，而別人在不經意間說她良善的行為。這種好感的果實，就像遇到適合的酵素，不斷在內心蓬勃發漲。海殷伯伯所說的話，和我所思所慕的影子，不斷交融重疊著。

陽光漸漸驅散了雲雨，原本在路邊貪玩的霧也跑進了更深的林子裡。

「到了。」坐副駕駛坐的鄰村長老伸了個身說，是楷漢家。

楷漢家是獨棟的一樓，外觀有點像我小時候去的阿嬤柑仔店的味道。大門是完全敞開的。外邊的泥巴地和房子裡邊的地板，只隔著細細小小塹起的門條。一下車就可以看到客廳內部的家具擺設，可以看出那些家具擺設有些輪廓，黑漆漆的。

一跨過門條，就看到客廳擺著一大盆已切好的水果，和幾罐養樂多。長老、海殷伯伯，與楷漢的阿嬤一起在另一邊講了很多我聽不懂的台語。我只有猜出大概的意思：阿嬤給楷漢花錢補習，但楷漢在學校成績一直沒進步，問海殷伯伯可不可以請學校的老師多幫忙。

我則在黃黃燈光的客廳中間，喝著楷漢答應請我喝的養樂多。

「楷漢，你爸爸呢？」我說。

「他去修車了，爸爸給我養樂多，叫我給 Mick 哥哥。」楷漢說。

「Mick 哥哥，我爸爸有給我夾到好多娃娃，我們來玩。」楷漢從房間抱出一堆絨布娃娃，有多啦A夢、史迪奇、彩虹小馬，零零總總，不下四五十個的娃娃。大多的娃娃身上沾染著黑漆漆的髒汙或霉塊，有些縫合手腳的線，已被裡面黑成一團的棉絮撐開。

「我們來玩夾娃娃好吧？哥哥當機器手。」楷漢說。按照他的指示，把我的手臂作成夾娃娃的爪子。他把桌上列滿了娃娃，先假裝投錢，一面用手作出按著上下左右鍵。指示我的手臂依照他的樣子做。我三不五時還會倒爪、倒丟。讓他不會輕易夾到。

「哥哥，該你夾了。」楷漢在夾到三個娃娃時說，他再多把幾個沙發上的娃娃堆放在桌子上，讓我假裝投錢，開始操作他的手臂。

「哥哥你輸了，你只有夾到兩隻。」當我夾到第二隻時，楷漢結束了遊戲。

「來，安慰獎，這隻哆啦A夢給你。」他把一隻身形多處擦傷的哆啦A夢布偶送到我手裡。我正驚喜萬分，因我要送他的小卡片，上面也畫一隻在風雨中揹著大雄的哆啦A夢。可營長有告誡我們不能隨便接受孩子的東西。正猶豫要不要收下時，腦中一個意念懸起：「要懂得給予，是因為我們擁有；要懂得接受，是因為我們被愛。」

也許是因為我們這組在結業典禮合力演出了一部哆啦A夢的戲劇，所以我們才會心有戚戚焉地，用這樣的東西交換，紀念我們共有的回憶。最終還是收下。楷漢最後問了，我們明天幾點搭公車去嘉義市搭火車。

第十四章

傍晚，來到我們營隊的最後一天，這是個最激勵人心的時刻。所有上營的人圍成一圈，中間放了一大包新開的衛生紙。每個人都輪流，分享這幾天中，最刻骨銘心，最深刻的一些事。

有人說了蝸牛男孩的故事，有人說了王子麵男孩的故事，還有人說自己在帶孩子時不小心打呼，結果孩子幫他按摩肩膀。衛生紙被輪流傳遞著。如果真的有外星人來觀察我們這群人，一定很不能理解為何這群人一下笑，一下幾個人又忽然大哭。簡芳講過的話我特別深刻，所以我在寫這本書時，把那時她說過的回憶記錄下來。

「謝謝思牧和誠豐在這短短幾天卻令人一生值得回味的時刻，能有機會一起配搭。思牧真的幫了很多忙，在我中暑時，幫我拿冰袋。誠豐在我才正覺得癢時，他居然知道，主動拿出擦蚊子的藥給我。我原本以為，他就是一個好好先生，任孩子在他身上爬，而我正是要手忙腳亂，把孩子從他身上拔下來的人。但沒想到居然能用愛心填滿的計策把孩子弄得服服貼貼。」

簡芳輕吸一口氣，接著說。

「對於這裡大多數生長在都市的小孩來說，我很難想像在孩子在鄉村的生活是如何。秀娟邀請我去她家時，我本來開開心心地想一探究竟。但很多令我難以想像的事情隨至撲襲而來。」

此時簡芳哭了，她哭了。

「在她家的客廳的牆上，有一個一看就知道是小孩子畫的人。我問那是她畫的嗎？她說：『是啊』，我問：『那是誰』，她說：『是我媽媽』。我說：『你媽媽一定很漂亮，因為妳很可愛。』她說：『可是我不知道她漂不漂亮，因為我從來沒有看過媽媽的照片。』又說：『阿嬤跟我說，我有見過媽媽，所以我嘗試畫了她，也許因為我有看過，畫的某部分會有跟她有相似的地方。』」

簡芳此時再度暴哭，努力咬出字句，久久不能自我。

「我看著她，我又看著她的手，誰知道那雙漂亮的小手上，手臂翻過來竟是一條條美工刀劃過的痕跡。我知道我卻無法幫她任何事。曾經有老師告訴我，只要是任何人，他這一生有被真正愛過，真正愛過，他這一生就不會真正地陷人於不義。我來到雙語營，看我做的事是何等的渺小和不足，我來這邊所感受到的，所經歷到的，所得到的，遠遠大於我所給予的。當苦痛的事實明朗化，一切是那麼地痛徹心扉啊！」

當晚，幾個二十出頭的大男人抱在一起大聲痛哭。我內心對於別人認識到我是精神病患，那份恐懼仍然沒有完全根除，但確實縮小了。冥冥之中，感覺到某種能量，理序所有的混沌與不安。

隔天，二十幾個人浩浩蕩蕩拖著、揹著大大小小的行李，和海殷伯伯道別並離開海鴿中心。來到公車站等一天只有兩班去嘉義市火車站的公車。

眼見一個小男孩坐在孤零零的站牌前猛力地跑過來。

「Judy 姊姊、Doris 姊姊、Mick 哥哥。」小男孩一看到我們，小腿迅速的在地面抽動，奔跑過來。是楷漢。

我把身上剩下的糖果餅乾全都給了他。簡芳跟他玩黑白ㄘㄟ，思牧揉著楷漢的肩，公車卻不給我們更多時間相處，提早到了。我們讓其他人先上車，試圖再多捏一下他，多抱他一下。

「Judy 姊姊、Doris 姊姊、Mick 哥哥，你們可不可以告訴我，這會不會是我們最後一次見面？」要離別時他說。

簡芳聽完，久久不語。我此時無法用很適當的言語把我的心情描繪出來。是啊，大多人離別時，因為相信不是最後一次見面，所以瀟洒。但跟任何人，在世上，是不是最後一次見面，是我們能掌握的嗎？我們的離別之所以坦然，不就是因為相信至少能再見一次嗎？

我在車上，看著思牧不斷拍著肩膀不斷抖動的簡芳，久久不能自我。

車站

罪愛

於暑假結束後的一個下午，我去三二三資源教室，遇到了文峰。

「誠豐，我好想你。有聽我姊說暑假時，你們有一起跑營隊？」文峰說。

「是啊。文峰，不知你是否也有空？我想跟你聊一聊。」

「需要一個專門的地方的那種聊嗎？」

「對的。」

「好啊，那我借鑰匙。」

我們跟資源教室的個管老師說明，我們需要一個地方聊聊天，借了鑰匙，去到同層樓的三樓小房間。小房間是上鎖的，文峰熟練的在門孔上轉了幾圈，用身體頂開門，推了進去。

「說吧，誠豐。」我們兩坐定後，他坐著把小房間的窗簾拉開，陽光瞬間敞亮了整個房間。室內放著一張綠色皮製沙發，還有幾隻趴在沙發的絨毛恐龍，一點黑髒汙也沒有。整片保養得道的木地板，需要在門口脫鞋。

「思牧是你姊？」

「是啊。」

「我從沒聽你說，也沒聽你說過你是基督徒。」我說。

沉默片刻。

「其實就某種層面，我是基督徒，但我很久沒去教會。雖然我很少跟基督徒談起，但我內心也許也有種渴望。」

「渴望？」我說。此時我感到四周有一種非世間正常的氣息流出。

「是。有種渴望試著對別人說看看，誠豐……你是個虔誠的基督徒吧？所以現在的你不一定聽得懂我所說的，但我只希望你，一剛開始不要就認為我所說的話是魔鬼來的或是什麼異教組織。人若意識到別人是站在對立面，或是反面的觀點，會出自本能地否定或拒絕，不會有共識。我也覺得你認識我姊，又認識我，總覺得能對你說一些。如果中途我說些什麼令你不適的話，你示意我，就會暫停。」

「我不知道我虔不虔誠，大家都是朋友，沒什麼不好說的。」

「好。我跟姊姊的確從小在教會長大，在沒有記憶的年紀就受洗了。我爸以前是醫生，後來當了牧師。那時他去湖中開拓植堂，一路很辛苦，和他可以一起稱兄道弟的夥伴，耕耘了好幾年。一剛開始都相安無事，跟幾個教會執事也處得來。

可是啊，隨著教會的人數從幾個、十幾個、再到一百多個，教會裡的氣氛就漸漸變了。」

「變了？」我忍不住回了一下。

「我爸稱兄道弟的夥伴，在教會是老二，管人事。他可能自覺在教會的地位不及我爸吧。等我爸在母會[7]被立牧[8]時，他抓到我爸的把柄。」

「把柄？」

「有些教會的收據核銷，是需要我爸簽。我爸為了給教會的人方便，大多時，對於有些細節的開支是不過問的。結果有一季核帳報到母會那邊，母會要求提供明細，卻弄不清楚了。」

「那時，剛開始，大多教會的人都相信我爸不會為了幾萬塊，中飽私囊。畢竟是牧師，這是多麼德高望重的職業呀！怎麼可能會做這種事呢？可謠言，不知道什麼時候，從哪個地方冒出。毒霧漸漸飄出，瀰漫到人的嘴巴。」

「他們說了些什麼。」我問。

「說我爸以前當醫生，可能和牧師這個職業的薪水相差太多，由奢入儉難。可是啊，這些話語，對我爸來說，是開什麼玩笑。童年時天真的我，又怎麼瞭解父親不多作回應的心情。過了一陣子，風波總算平息。」

我看著文峰，仔細一看，他五官綜合起來看的神情，真的跟思牧有幾分相似。他此時站在我曾經跟思牧說那段故事的角色，一樣的位置。人心裡總是有個看起來不是那麼好看的傷口，難以對人敘說的事，但都需要窗口。

「可是啊，我也不知道這是不是上帝的旨意。但是，對我來說，就像是小時候餵我苦果，隨著成長，內心越成熟，這個苦果不好受的滋味，並不會隨著時間消逝。相反地，越來越重，在身體內所佔的比例也越來越大。

以前我爸有個嗜好，喜歡去溪邊釣魚。他釣魚主要不是為了拿回去吃，而是喜歡理解各種魚的紋理，待魚自然死後，解剖、去內臟、防腐，並做成標本。也許這是為何他能成為醫生的一個原因。」

「最後去釣魚那次，我爸在山裡的溪邊，享受任風滋撒鄉土的芬芳，一切是那麼愜意。自然、慵懶、灑漫的在自然空間。卻在不遠處有個危險的聲音，微小但卻突破所有看似安全的東西。」

我此時屏住所有的氣，專注地聽他說。

「『救命啊！救命啊！誰能救救我男朋友！』我爸聽到這話，奮不顧身地把魚桿丟在一旁。快速穿過叢林，往下游跑，只見一個看起來十六、七來歲的年輕女子在岸邊失聲喊叫。我爸跳進溪裡，找到早已溺在水裡多時，無力掙扎的男子。救起來時，肺裡滿是水。」

「那最後有救活嗎？」我緊張地問。

「那時我爸做了CPR（心肺復甦術）和緊急處理，但沒有無線電，山裡也收不到訊號，就這麼把那袋他用了多年的漁具丟在那。載著那對情侶，匆匆忙忙開車下山。」

「男子最後還是死了。」

「死了？」我回。

「肉體的那種死亡。此時我們家的惡夢才正要開始，那男子的家屬居然去請法醫解剖屍體，結果死因竟是肋骨斷裂刺穿胸腔，導致氣胸，最後肺臟無法交換氣體而死。這下可好了，男子的父母拿著法醫的驗屍單，再加上他女朋友的陳述。最後居然以過失傷害致死，成功起訴了。」

「就算是救人，身上揹了條人命的訴訟總是一件大事，終究還是在教會傳開。有些執事指責我爸不該一個人跑到收不到訊號的山裡，因為我爸若不能二十四小時都連絡得到，要是哪個人臨終前要受洗，那可是很麻煩的哪。一個神職者、牧師，可是帶領教會的精神領袖啊，怎麼可以在人的觀感上出這麼多的問題。所以啦，開過大大小小的會後，我爸還是主動請辭了。訴訟花了好幾年，最後對方當然沒有告成。可這件事早已搞得我們家身心俱疲。」

「可是我感覺你姊，對於上帝是緊緊抓著，那時跑營隊，看她禱告、靈修、讀經樣樣都很忠心。從她身上，看不出你們家曾發生過這樣的巨變。」

「家裡遭遇巨變，跟要不要緊緊抓著上帝，在我看來，有時更因為變故，才更堅守她的信仰吧。而且啊，誠豐啊，我們都認識一年多了，你應該知道，我喜歡的是男生，我對於信仰是很掙扎的。」

「你喜歡的是男生！」我還真的不知道。也許我太呆然，不會觀察，對別人心理性向是如何，也摸不著。

「我以為誠豐你知道耶，這在資源教室應該是公開的祕密。我從幼稚園就有意識到，我喜歡男生。我經常從我喜歡的男生背後，看他們背用力時的肌肉線條。」

他說的話激起我心中某種深在底層的東西，好似有某種被教導的價值觀，突然一夕間，這種價值觀不再是我所認知原本的那樣，刻在心門中的門栓突然被抽掉一般。因為眼前這個跟我出櫃的人，是我的朋友，是我一起在資源教室的夥伴，也是我喜歡女孩的親弟弟。是相處中，我很重視，活生生的人啊。

但記憶深層中，有某處深刻的東西被喚醒。關於我跟思牧所說的那段：

「那男孩認為最好的朋友」的故事，就是因為，男孩認為最好的朋友，在知道他小時候有去過教會後，怕男孩會去傳他與十七班男生手牽手的事，所以先下手為強。才有後來用言語刺激男孩，間接導致他上不了大學，心被幽靈女控制的事。只能說，之所以稱之為男孩「認為」最好的朋友，是因為人家根本就沒有把男孩當朋友呀！

「這個身分的確經歷過不少波折，誠豐，希望你能聽我說說。小時候，在教會，雖是牧師的兒子，我因為小兒痲痺症，在同儕朋友的眼中，是一個走路怪怪的人。誰又知道我花了多少時間學走路呢？這是要和我攜手走過一生的障礙，誰又真的敢真實的抱抱我呢？後來因為我爸出的那些事，開始變得有些大人會對我閒言閒語，冷不防的一句話，都會成為載滿歧視言語的箭矢。在台下看傳道講道時，講那《聖經》的〈利未記〉和〈歌林多前書〉時，用經文解讀同性行為是行淫時，大聲斥責同性戀的行為是罪，我都在台底下，躬著背，低著頭。有時實在聽不下去時，一個人去蹲馬桶，抖著腳，蹲到人家大聲敲門。」

「辛苦了，我想不用你說，但我想親口告訴你，我們還是朋友，而且一點都沒變。我自己也在跟你姊上營時，告訴她我是精神病患——思覺失調者的事實。我知道這麼描述很奇怪，精神病和喜歡生理同性別的，理應是完全不同的情況。

我聽你這樣說，卻能有些認同及相似的感覺。那種站在別人對立面，就算再怎麼努力，能讓『對方認同』這件事，都是我們難以奢望的。」我伸出手，拍了拍他的膝蓋。

可嘴上這麼說，我內心還是稍微有點感覺到，我對這段友誼的感受，很明顯有哪裡不同。接上來的情緒是非常難以處理的，我有種進到深淵奈落，呼吸不順的感覺。

「『我喜歡男生』這句話，我必須說，或某種形式的表達，我現在才能聽到某部分的支持，但我從來沒有聽過哪個生理男，需要大聲說：『我喜歡女生』才能被真正的認可。

在基督徒談論中，或在網路上告知沒有信基督教的人：『同性戀是罪，罪的代價乃是死。』這對不認識福音的人來說是多麼可怕的想像哪。他們哪知道你說的『罪』，是基督教教義，任何人都有的——亞當、夏娃的吃分別善惡樹果子的原罪。他們只覺得他們被這個自稱為：『有信、有望、有愛』的團體拒絕了哪。那給人的感覺，『罪』這個詞，『代價乃是死』這個詞，犯的錯就跟即將要面臨死刑的死刑犯沒有兩樣啊！」文峰述說的語氣有些上升。

「我喝點水。」文峰把杯子拿開，手拾杯的角度在常人來看有點怪，但也許那才是他最舒適的拿法。

「請喝。」

「我其實有聽一些異性戀說過。覺得男生喜歡男生，好像一個男生可以喜歡所有的男生，都不挑對象似的。好似喜歡男生的男生就比較陰柔，喜歡男生的人就可能毛手毛腳的，喜歡男生就比較喜歡約炮，而這一切都是不好的，都是罪。這些價值觀的壓力，讓我小時候在教會活得喘不過氣。聖經不是說，『基督是愛』，怎麼會因為教會解釋經文，讓在教會長大的我，看不到人生的盡頭呢？我身心頂受著各種疼痛，跪在家裡的十字架前，向祂禱告，尋求祂。可時間終究是流動著，痛苦也是進行式啊！」文峰直直地向我看來，他在講話時揮舞的手勢就像在演奏〈鎮魂曲〉的詹德猶契夫。

「而且呀，我自己也有讀不只一遍經文哦，關於教會解釋《聖經》同性戀的罪啊，若的確有罪，這種原罪，既存之於有，又歸於無。一種說法是我們不斷陷在犯罪的網羅裡，一種說法，基督耶穌已經用在十字架上的祭奠，洗淨我們的罪，我們已經成為新的自由人了。根據我在教會的經驗，教會不是在檯面上教導不能自慰手淫，不能看色情影片嗎？因為那是罪呀！」

「是的。就我所知，教會的教導，只有在婚姻裡的性行為，才是上帝看為聖潔的。」我靜靜聽著並回答，他的說法對才剛升大二，又是受洗者的我來說，非常衝擊。

「可是誠豐，若只有婚姻裡的性行為才是沒有犯罪，才是聖潔的，整個灣仔國，至少百分之九十五以上的年輕人，都不斷犯著罪呀。成長成青少年的男生，青春期第二性徵的出現，對愛情的嚮往是多麼地深。當真這一群人能在這個晚婚的世代，能從十二、十三歲，第二性徵出現，到結婚前，都不手淫？現在網路色情這麼發達，基督徒真的都沒看過色情影片？」

文峰此時的語氣高昂起來。

「文峰，我跟你說，這我很少對人談起。可也許說出來，我可以比較坦然。就我認知，教會教導對罪的定義是：沒有達到上帝高度。或罪，是那些做了後，自己會覺得害羞、難以向人啟齒的事。做完會覺得自己很淤濁、骯髒的那些事。我自己是異性戀，的確會有對女性有身體上的慾望，會看色情影片，看色情影片時會勃起手淫。噢，不，應該是想手淫所以看色情影片，用手把自己陰莖的精液排出來。」此時，我身體中，有某種自認為若不開啟這段對話，我心中某種的鴻溝將永遠無法跨越。

「我一邊在內心控告著我自己是偽善的基督徒，而對自己的行為後悔不已的同時，一邊又看著盜版網站免費的色情影片，沒有付任何費用，免費看著女生赤身裸體的出現在螢幕裡，做著各樣引起自己身體性慾的姿勢。在我的印象裡，教會告知，如果長期看色情影片，就會把色情影片中的女性中，所有的動作和聲音，套在日常所認識的鄰家女孩身上。

我都跟你說了，自己在這方面是偽善、不斷犯罪的基督徒，所以也沒必要為自己辯解什麼。可是我覺得，就是因為我排出了精液，讓我暫時不會有性慾的衝動，也就不會隨便對認識的女孩子做衝動的事，或是衝動的想法。在與女孩子相處時，陰莖也不會輕易的勃起。記得高中上健教課時，老師問了我們班所有的男生，性慾來了怎麼辦？當麥克風出現每個男孩子的面前，輪流都說：『運動』，我也不例外。只有那個班上最調皮，最會頂撞老師的男同學說：『看片打掉。』老師說他很誠實。」我說。

「我懂你說的。運動的確能排解性慾，但直接打掉要來的方便太多，不會脹脹的。我覺得我們身上有雞雞、有賀爾蒙、有雄性激素、睪丸會製造精液，這些都是我們身體的一部分。我們沒有必要，會因為洗澡時，摳洗自己的屁股、自己的手腳而害羞，因為那就是我們身體的一部分呀。我認為我們自己對自己的身體，在不任意戕害自傷的前題下，有完全的控制權。」

我聽完文峰的分享後，內心一直對自己控告的聲音逐漸縮小了。

「還有看色情影片呀，就以教會教導的，那是上帝看為的罪好了。而且看盜版的，的確真的會觸犯法律好了。雖然在灣仔國，沒人會抓，但這種都違反國家法律的，應該更到不了你說的『上帝的高度』吧？滿滿的罪，在心裡流淌著，甚至要溢出。可按照《聖經》來說，偷竊、殺害、毀壞、貪婪、忌妒都是罪，不是只有限定在同性戀，或看色情影片才是罪吧？按教會解釋《聖經》，這世上除了耶穌，哪個人不犯罪，哪個人一直在上帝給人類的標準上的？在上帝的眼中，除了褻瀆聖靈的罪最為重，罪的大小都一樣哪，沒有孰輕孰重的問題吧！所以我不懂，為何教會要在公開的場合，公然反對同性戀，把同性戀的罪特例出來，定得這麼重。教會總不會在檯面上，公然說：『張○○因為忌妒劉○○，所以我們要把他定罪，死死的定罪。』也不會公然特別說：『○○○前天車禍撞死人，我們應該定他的罪。』可為何會把同性戀特別拿出來說呢？」我想，這個想法沒有長期盤據一個人的內心，是不會以這麼真實，對我來說，非常清楚的表達出來。

「一年前，挺同團體和反同團體，在阿凱大道彼此召集了幾十萬灣仔人民，各自為營，反脣相譏，領頭者用擴音器彼此大聲的講話，在各大媒體版面廝殺搏出。後來，教會改了，同性戀是罪，改成同性戀『行為』是罪。反對同性性行為。說我們不贊成你的行為，但我們還是愛你這個人。

這好比跟一個熱愛遊戲的孩子說，我們不讓你打遊戲，但我們還是愛你。但以我一個喜歡男生，父親又曾經是牧師的人來說。在被這麼直接、公然的態度拒絕時，能感受到愛嗎？如果父母這種作法能引起孩子被愛的感覺。那我想，也不會有這麼多親子溝通的問題，灣仔國孩子的叛逆期比例也不會數一數二的高了。」文峰說。

「是啊，但我覺得，父母也不能一直讓孩子打遊戲吧。」我說。

「誠豐，也許我拿打遊戲這個例子，不是很恰當。畢竟，反對同性性行為的人也不是我們的父母啊，我們是平等站在這世界上，都是罪人啊！若論世界上真的有某種，非血肉、非物理，高於我們意志的力量，但我們是存有血肉的軀體啊！按照教會教導的，除了耶穌，沒有人不曾犯過罪，沒有人不是罪人。同時，按照教導，有罪的人，沒有任何資格定別人的罪，也沒有任何赦罪的權柄。」

「除了神，不，應該只有神，能定罪和赦罪。」我說。

「所以誠豐，希望你別不認同我這段話，就說我亂解經。基督徒除了基要真理[9]以外，我覺得每人對於上帝，理解的方方面面會有些差異。我讀到〈新約．約翰福音〉，那幾句經文我覺得真的是寫給我的，我有背起來。

經文寫：『黎明的時候，耶穌又到聖殿去，眾人都來到他那裡，他就坐下教導他們。經學家和法利賽人帶了一個行淫時被抓到的婦人來，叫她站在中間，就對耶穌說：『先生，這婦人是正在犯姦淫的時候被抓到的。摩西在律法上吩咐我們把這樣的婦人用石頭打死，你怎樣說呢？』他們說這話是要試探耶穌，要找把柄來控告他。耶穌卻彎下身，用指頭在地上寫字。他們不住地問耶穌，他就挺起身來，說：『你們中間誰是沒有罪的，他就可以先拿起石頭打她。』於是又彎下身在地上寫字。他們聽了這話，就從年老的開始，一個一個地都離開了，留下的只有耶穌和那個還站在那裡的婦人。耶穌挺起身來，問她：『婦人，他們在哪裡？沒有人定你的罪嗎？』她說：『主啊！沒有。』耶穌說：『我也不定你的罪。走吧，從現在起不要再犯罪了。』」

「這段經文我也有看過。」我說。

「所以，按〈利未記〉和〈哥林多前書〉所說的，按教會所解釋的，同性戀性行為因為達不到上帝的標準，的確是罪好了。我們犯的罪也並不會玷汙聖潔的神，因為神怎麼可能被渺小的人真正的玷汙呢？罪是汙染自己，與神隔離的結果呀。就算神告訴人說，不要再犯罪了，但人做得到嗎？如果是這樣，那麼《聖經》只要按猶太教的規則，獨有《舊約》就好。耶穌不需要來到這個混沌的世界，在被當時的當權者逼迫，被當成瘋子。耶穌也不用傳救恩的福音與經歷苦難，受鞭傷，上十字架，流血而死了。沒有人能遠離罪，罪的結果乃是死呀。」

此時文峰的語調更加高昂。

「可是哪，誠豐。按基督徒讀的《聖經》，是有《新約》的哪。《舊約》的律法和《新約》的寬恕，整本書才是上帝完整給人的話語。整本書都是愛啊。上帝讓耶穌來到這個世界，是因為愛啊，對我們這渺小、貪婪、忌妒、渾沌的全人類，毫無保留的愛呀！誠豐，我不知道這麼說你感受如何，可是我好想被教會的人善待哪，我害怕自己的障礙，我是那麼孤獨與渴望的哪。哪怕一點點的接受，可不可以……」。

文峰頓時大暴哭，嗚咽咽喉嚨卡出一些聽不太懂的聲音。他的樣子就像那時父親載我到海邊時，我對著海乾嘔，怎麼也無法適當地表達。我趨上前，小心地抱住文峰，讓他可以好好地喘氣。

「在我出櫃，跟我爸大吵一架後，搬到了功館那邊叔叔多出來的房子。我姊為了照顧我，也跟我一起住。我希望有機會，你能來一次我家。」任文峰在我肩膀上抽搭著淚水。

「好。」

「謝謝你。」

7同一教會體系中，先成立的教會會在其他地方拓堂或植堂，稱為子會堂，原本的會堂稱為母會堂。

8傳道人在經過一定的歷練，被認可後，會成為牧師。「立牧」為傳道人成為牧師的儀式。

9每個基督徒對信仰都有不同的觀點、感受和解釋。但基要真理為基督徒普遍認同的信條。包含：信仰的神是聖父、聖子和聖靈三位一體。耶穌的受難和復活是唯一讓我們洗淨罪的方式。

羔羊把刀子放進我沉默的手裡

過了一個禮拜，吃飯看著電視時，緊急插播了一條頭條新聞。灣北市馬水區相劍路一段上，發生了隨機砍人命案。據新聞報導，一個六歲男童，在路上騎著兒童滑步車，男童的阿嬤就跟在後方。怎料男童轉了一個彎，就聽到有個叫罵聲，和腳踏車跌倒的聲音。阿嬤轉彎看到那個男子，手持著刀，一刀一刀地往自己的孫子不斷地猛刺，從頭到腳，多刀，刀刀致命。甚至往孫子的頸部猛砍，骨頭甚至要分離。那男子化身成血魔，紅了眼，還把倒臥在地上的孫子的手臂拉起來，凌遲著。是在光天化日之下，市區上的大馬路上演這種殘暴致極，令人噁心髮指的行為。

七八個群眾合力湧上，把嫌犯制伏。阿嬤嚇得跌坐在地上，摔斷了骨盆。警察、救護員趕到，男孩是當場死亡，警方拉起封鎖線，疏散圍觀的民眾。

我就坐在餐桌前，胸口湧起一陣噁心，飯菜幾乎吃不下。若是依循著社會秩序的正常人，在現代社會怎麼會有做出如此泯滅人性的舉動。這個事件，一則新聞緊接著一則新聞佔據所有的版面，到晚間，新聞斗大的標題：嫌犯有精神行為障礙，長期沒有就醫治療，多達一年隱蔽家中，沒有任何工作。最後，又有幾則新聞報導：「嫌犯是思覺失調症患者。」

思覺失調症。

是的。思覺失調症。

左手開始不停顫抖，身體出現巨大的機能失調。一個人，把飯筷一丟，走上塌塌米，兩面牆壁呈九十度夾起來的角落。我的屁股貼上冰冷的地板，雙手抱著膝蓋，覺得有點冷。

我想起在我上大學重考的那段日子，我好似在墓地。那些新聞一則則播送，捷運殺人的畫面，從墓地裡湧現到我的前面，扒開我的眼皮，進到我的腦子裡。發出窸窸窣窣的聲音。

「你也是思覺失調症哦！」畫面說。

「思覺失調哦！」

相比那時候的捷運事件，媒體播報嫌犯反社會人格，這次直接指名是思覺失調症呀！

那晚我發燒了。那陣子怎麼也睡不好，十點上床二點自動醒，四點又睡睡到中午。半夜醒來，看著網路新聞下面上百條留言。

「有精神病為何不看醫生，要出來害人。」

「思覺失調者通通去死，去死對他是種解脫，對我們也是種保護。」

「我們的社會安全網怎麼了。」

「思覺失調是殺人者的免死金牌。」

那些天的某個半夜，我半夢半醒，翻來覆去著。突然，左下小腿的小腿肚一陣抽搐，抽筋要減緩得馬上改變姿勢，不能一直躺著。我立刻站起來，夢醒了大半。此時，門廊傳出鑰匙轉動門把聲。內門發出叩、叩叩、叩叩叩，聽起來不規律。我屏氣不動著，想叫在隔壁房睡覺的母親，卻發現怎麼也喊不出聲。

門打開了，光鮮明的照在那個人形上，頭的輪廓遮蔽，無法顯明。

他往我這快速走近，右手持著尖光，來到我的面前。我一方面因為抽筋不太能動，一方面早已嚇得僵直。

「Mick哥哥，我們是最後一次見面嗎。」他把連身帽拿起來，眼前的人，居然是楷漢。在嘉義忠青的楷漢，是怎麼在半夜時，來到我位於灣北市的家呢？

「Mick哥哥，我爸爸不要我了，奶奶走了，我的米魯魯不知道去哪了。Mick哥哥，可不可以成全我，讓我不要長大，讓我們這次真的就是最後一次見面。反正哥哥你有思覺失調症，你就算殺了我也不會被判死刑。」楷漢的童稚聲，每字每句真實的吐出來。高中畢業前，那段跟思牧所說的——我過去的故事，那段不能控制自己身體的情況，身體拒絕大腦發出的施令的那種悲哀的感覺，再次襲來。我直直站在塌塌米床上，感覺自己前額葉混亂，身體不能控制。

楷漢把左手平掌向上。眼前出現的，居然是爆出黑棉花，楷漢送的，我深藏在寶貝盒子裡的那隻——快壞掉的哆啦A夢絨毛布偶。

「Mick哥哥，哆啦A夢也是見最後一次面，哆啦A夢只能在卡通裡幫助大雄，哆啦A夢幫助不了我。」

「來吧，Mick哥哥，殺了我吧，我們才能完成：『這是最後一次見面』的約定。』」楷漢小小的右手，把藏不住尖光的刀子，放進我無法控制的手裡。我似乎同時感覺阿三在我耳邊，嘻嘻哈哈地說：「半夜要拿起刀子，晃來晃去了哦。」

「Mick哥哥，不要讓我太痛。要快一點哦，用力一點哦！往脖子這裡，刺進去就好。」

我的大腦，我的意志發出：不要不要不要不要不要不要。可是我右手還是拿刀子動了，不太可控制地動了，往楷漢的頸部用力的刺去，刺下時，感覺軟軟的。此時的他，微微張口，不再說話。下顎下方，小小的脖子並沒有如我預期，流出黑乎乎的東西。往後，感覺某種尖銳的東西刺入自己大腦的神經網。神經網如同蜘蛛，為捕食獵物的網被巨大的異物入侵，瘋狂逃離。

隔天醒來，感覺身上多處疼痛，身體硬生生被壓著，我在床上多躺了好久，身體不再那麼僵直時，才撐開滿眶眼屎的眼睛，起身下床。我第一件事，去找我的寶貝盒，看看楷漢送的那隻哆啦A夢布偶還在不在裡面。

打開盒子，滿滿的回憶從鐵盒湧出。從國小到大學，所有家人朋友寫給我的信都在裡面，哆啦A夢好端端的躺在盒子的深處。接著，我又趕忙打開我的 Facebook 社交軟體，用 Messenger 聯絡了佳琪。留言道：「可不可以幫我問問看鄭海殷伯伯，楷漢好不好。」

昨天那是夢吧？我想著。但昨晚的那個時刻，發生的每件事，手上握住刀柄的真實感，還存在我的腦海啊！

「海殷傳道說，楷漢很好，常常一下課就去海鷗中心。」佳琪回我。

第十七章

我跟文峰約定去他和思牧在功館住的地方的當天下午一點，天空飄著小雨，而他也約了直升機大學長欣彥。文峰和欣彥在圖書館校區外面等我，在名為綜合大樓站的公車站上車。文峰說思牧晚點才會回家，不會跟我們同路。因為欣彥坐電動輪椅，所以我們需要特別等有升降梯的低地板公車，好在灣北市大部分的公車都是低地板。

在司機給欣彥用升降梯上車後，「半票。」語音系統說著，說了三次。大家都是三一三資源教室的同學，我多了一點安全感，不用擔心跟拿學生票的朋友上車，聽到語音會被問東問西。

公車轉進羅斯福路，我看著外面有哪些有趣的新店，想著下次可以光顧。畢竟從宏曦大學的宏大路，一直到位於灣仔大學旁的羅斯福路，都是我們的在學生活圈。

「少年，你是發生什麼歹誌。怎麼這麼年輕就在坐椅子？」頭髮花白的老頭，用台語問著欣彥。那個目光強烈到我不得不把頭撇開。我知道那個老伯不是出於惡意和歧視的問，因為若帶有惡意和歧視的人，早就把眼神撇開，並躲得遠遠的。

「我一直以來就這樣。」欣彥回應。

「喔，是喔。年輕人受傷好得快。」老伯說著，肩膀聳了幾下，不再過問。

下公車，三個人走往文峰公館的家，天空暗幽幽，吸納著滾滾的廢氣。攤販的燒烤煙，路邊點燃的香菸煙，車子燃燒汽油排放的煙。各種高樓把各種煙圍住，只留得往上的出口，不得不說天空真是個專吸二手煙的可憐仔！

「誠豐，你真的很暖耶，一直走在我外面，讓我走在內側。」欣彥邊控制著他的電動椅邊說著。

「我這麼說不知道好不好，但我想比較多。怕你的電動椅突然往馬路上暴衝。如果我走在馬路外邊，或許還攔得住。」

「大暖男！文峰，剛剛誠豐跟我說他怕我衝出去，所以要走在馬路外側耶。」

「可我這樣說，我不知道會不會讓你感覺，我自認為走路比你有優勢，然後自動自發做些保護你的舉動。可是你也沒有要求我做，不知道會不會讓你心裡不舒服？」

「誠豐，當然不會。我真是愛死你這麼說了。」

「誠豐本來就是暖男！」文峰說。

文峰家是一棟電梯顯示到十一層樓的社區，裡面各種還算得宜的無障礙環境，讓欣彥順利到達我們要去的四樓。我們按的電梯門在一樓開了，欣彥先讓我和文峰進去，再隨後進入。四樓電梯門開時，欣彥熟悉地操作電動椅，倒退出去。門沒反鎖，一打開門，即見思牧在客廳吹頭髮，空氣中漂散著滿滿的飛柔香氣。

「歡迎。」

「姊，我應該有說過，誠豐今天會住我們家吧？」

「我知道，當然沒問題。」

「我今天會回家。」欣彥說。

「你當然要回家啊！」文峰又拌起嘴。

我們三個男生，洗手後坐在客廳。思牧一個人，開了廚房的抽油煙機，鐵鍋裡倒入六分滿的水，開始切紅蘿蔔、薑、剝蒜頭。

「姊，我需要做什麼嗎？」

「不用，你們先多聊聊吧！你吃完記得洗你的盤子就好。」

我從客廳看著站在開放式廚檯的思牧，下身綁了條圍裙，俐落地處理食材。鍋子燒水的蒸汽被抽油煙機強力的吸走，但水氣和油煙散發在檯間的這段旅程，讓思牧有些雀斑的臉紅通通地。

「欣彥，剛才老伯說那種話，你的心情還好吧？」

「沒事。誠豐你太暖了啦。」

「我從小啊！有記憶以來，就知道，除非科技打破我的不便，不然這樣的身體會與我相處一輩子。所以旁人那些眼光，那些問候，就是我的日常，就是我一輩子要面對的。」

我跟欣彥簡短分享自己之所以會成為身心障礙者，是因為思覺失調症。這個故事思牧和文峰都聽過，我可以大聲地、自在的，在這個空間傳達我的聲音。

「思覺失調症啊，我的確不是很瞭解。」欣彥敲了敲椅子扶手，又說：

「我啊，聽我家人說，到我一歲前都是好好的，因為開了個手術，傷到了脊椎，傳導神經萎縮。剛開始家人說是醫生的問題，我媽一下又說是她的問題。搞到最後，是誰的問題我也無從得知。不過這個問題，對於現實，不是那麼重要了。不是誰的問題，誰也不是問題。我就是我，我就是大學長。」

「你就是直升機長！」文峰扯道。

我們嘻嘻哈哈聊了三一三的各種好笑的事，思牧說晚餐再五分鐘就好，我們趕忙把碗筷擺好。

「要吃完哦！我今天把味道調得重一點，怕太清淡不符合你們的口味。」

眼前一大鍋什錦麵，肉片、金針菇、黑木耳、紅蘿蔔、白蘿蔔，還有一盤蒜炒雞肉。香氣直撲而來。

會不會是第一次，也是最後一次吃呢？我大口吸進飽含湯汁的麵條，吞食著被蒜炒過的肉塊，想起楷漢那句：「這是不是我們最後一次。」

「姊，我喜歡妳今天的味道。」

「這肉很爛。」我說這句話完，四周有種微妙的感覺。

「啊，我是說這肉很軟爛，真的很入味，我很喜歡。」大家此時都聽懂，笑著我自帶化解尷尬的幽默。

「你們暑假，有沒有興趣參加，灣仔大學精實社的出隊？」我說。因為自己精神障礙的身分，剛好在大二時，看到灣仔大學的學生創辦這個，專門以去精神病汙名化的社團。

「精實社？那是什麼？」

「精神紀實研究社。社員專門把參與平訪[10]、精神機構和庇護工場的經驗，用文字寫成文章。以去疾病汙名化的角度，來紀實報導。平常社團課會請些專業講師來分享。」我接著說。

「這次社團要去位於灣北市峰山鄉的五木療養院，是進精神科的慢性病房。你們有想去嗎？」

我感覺自己那顆，渴望被理解的心持續跳動著，熱呼呼的，身體熱熱的。對思牧說出那個高中男孩的自白故事後，我總持續有著這個想法——希望我們的關係能夠多一點的認識，彼此理解再多一點。神啊。

「不好意思，這可能只有我姊可以去，精神療養院在山上吧？我和欣彥都不方便啊！」文峰說。

「我可能也無法去，暑假有安排實習了。」思牧說。此時的感覺有些說不上來，有種比剛才說雞肉很爛還要尷尬微妙的氣氛漫在這個空間中。

「你怎麼知道精神療養院都在山上？」我問文峰。

「我印象是看了本書。一時想不起來叫什麼。我記得還放在書櫃上，等等找給你。」

晚上，我拿出盥洗的衣服、內褲、短褲、毛巾，走進浴廁。廁所跟我們家不一樣，沒有浴缸，是乾濕分離。地板鋪滿了止滑磁磚，磁磚牆上安裝了防止滑倒的把手。看著洗手台上有兩個裝有牙刷和牙膏的塑膠杯。其中一把牙刷的毛已捲起。空氣中還殘留著飛柔洗髮精的味道，而擺在架上，裝著飛柔的綠色塑膠瓶子就在那。

「你該不會想做什麼吧？」在我看著那牙刷時，腦海，有個意念形成這句話。我想起基督教所謂「會不會犯罪」，大概就是這個時刻吧。一個人光溜溜地關在別人的浴室裡，看著別人盥洗的衣物、用品。而且其中還有喜歡的女孩的各種私人物品。很危險的哪。

我打開洗澡水的開關，不得不想著。我現在赤身露體的地點，一個多小時前，站著同樣也是赤身露體，我所在意的女孩。我試圖讓自己，不要讓自己大腿根部，兩顆睪丸上面的東西變得直挺挺。而且，若在這個空間手淫，是需要一般洗澡好幾倍的時間呀！文峰一定會察覺的。在別人家的廁所，臆測著自己喜歡的女孩，又在很近的空間。這種想法我不知道是不是基督教所謂的罪，但在人家沒有喜歡自己的前提下，的確是個令人害羞的想法。

而且哪，我想我在這裡手淫，我看思牧的眼光可能會不再一樣。不是因為她變，而是因為我變。某種心中，在自我認知上，自我定義的聖潔理想鄉會被玷汙。

「我終究還是罪人啊！是個偽善的基督徒呀。」我又再度控告自己。

「誠豐，我找到了。」洗完澡，吹完思牧用過的吹風機，文峰跟我說。

「什麼？」

「我找到書了，就是這本《挪威的森林》，我非常喜歡的一位文學家，村上春樹寫的。」文峰欣喜地把上、下兩冊裝的書遞到我面前。

「《挪威的森林》？我喜歡挪威的鮭魚。」

「誠豐，愛講冷笑話耶。我只記得，《挪威的森林》，是一部精神純愛小說。得憂鬱症的女主角邀請男主，去精神療養院看她。記得男主是去一個非常隱密的山中，旅程的過程蜿蜒繚繞。後來好奇一查，在灣仔，精神療養院都在偏僻的位置。」

「一方面是市區沒有空間，二來是民眾不願意看到？像是醫院的精神科病房，通常都在很隱蔽的地方哪，市區居民可能願意讓精神療養院開在居家活動的空間？社會應該要秩序，怎麼有人會願意讓『不正常』的因子，在自家周遭流動呢？」我說。文峰輕輕抱了抱我，表示他懂，因為我曾經就是那個不正常因子啊。

「這本書就借你，記得要還我哦！」文峰表示。

夜晚，思牧已在她的房間就寢，我則在文峰的床下，墊了墊子、蓋睡袋。兩隻被主流社會認為不正常的精神體，像傻貓一樣，望著天花板，透空著不同一般言語的波動交流。我直到聽到床頭的打呼聲，才合上嘴，闔上眼。

不是很習慣睡地板的我，翻來覆去好幾次，攀到書桌上。看外面的燈用它的光，大口吞噬著星塵和月光。隔壁棟的住家，比我高一層的大燈突然亮起。隨後聽見霹靂啪啦，蟲子死在電流網的聲音。

文峰一個側翻，牙齒敲得疙瘩響。此時，我聽到隔壁廁所的位置，傳出門軸輕輕轉動的聲音。我趕忙回進鋪窩。接著是馬桶的中環，蓋放在馬桶上，很輕微的「吖」。不久，聽到沖馬桶的聲音，那種馬桶的流水聲，在我的經驗裡，只有持續施加小力道，直至馬桶清澈透明的按法。

十幾秒過後，我聽到我和文峰所睡的房門，傳出輕輕壓把手的聲音。我瞬間瞇上眼，留出一條縫隙。朦朧的視野中，看到門也留出一條縫隙，縫隙後面除了黑，什麼也看不到。我因緊張而加速的心拍數，稍稍多於門維持縫隙的秒速。

隨後門關上，心跳的聲音蓋過其他任何存有，讓我無法得知是否有腳步聲。隨著緊張的心逐漸釋放，腦袋也開始混沌朦朧了起來。

早上，文峰帶我去樓下早餐店，我沒有向文峰提起門縫的事情，因為怎麼想，不管以多麼婉轉的方式表達，都會是讓人覺得很奇怪的哪！

10為日常性參訪精神機構的活動。內容大多為：跟機構住民聊天、健走等……。

第十八章

隔了幾天，思牧主動傳 Messenger 給我。

「誠豐，我看了平訪活動的時間表，和暑期實習並不衝突，所以我可以去。」

我跟思牧聊了一下精神機構目前的概況，把她加入到精實社的 Facebook 社團。

七月六日，大二升大三的暑假。我和思牧準時到位於灣仔大學，第二學生活動中心的集合地。社長品瑜問大家有沒有吃早餐，會暈車的人有沒有吃暈車藥。陸陸續續有人提著大大小小的背袋、睡袋出現。沒有人遲到，包含包車的司機。

我坐在思牧右邊，她坐靠窗。小型巴士的雙人位置很小，我的左大腿不經意會跟她的右膝側邊，有意識、無意識的碰撞。車子抖動的引擎聲，和晃動的幅度。使我漣漪想起，從嘉義市區到忠青鄉，去雙語營的路上。回憶起那時的心情，和現在坐在車上，面對新旅程的感覺，是有幾分相似的。雙語營的旅程讓我熟悉了思牧一些，也許這趟療養院的旅程，會讓她對我熟悉一點。

「各位大家，應該知道我們此次的活動，是去五木療養院吧？」社長品瑜的問題，讓坐在椅子上的幾個人投以笑聲。

「已經跟五木療養院的負責人聯絡好了。他說，我們平訪的對象，是女子慢性精神病房，據我所知，有兩個年齡較輕的朋友，其他都是長輩，我們可以稱她們為『大姊』。那邊的負責人一再跟我說，除非公共性，我們不能私下給予，或和她們交換任何東西。也不鼓勵對她們留下任何私人聯絡方式，因為她們有可能會真的聯絡你。若她們有意聯繫，可以跟她們說，我們社團有給五木統一的聯絡窗口。」

可能因為我有住過兩次急性精神病房的經驗，社長說這些規則時，我明白是教我們保護自己，也保護那些住在裡面的大姊。出於跟裡面的大部分人一樣，有思覺失調症的我，因為經驗的共有性，讓我聽到這段話時，自卑的感覺強烈襲來。以常理來講，給人留下聯絡方式，是一種對等、互信的行為，可今天因為「特別性」而有所限制。

我很敬重品瑜，因為有她的努力創社，我才能在大學時期，有機會接觸到其他精神病友。讓自己對於思覺失調症有更多認識。在我認知裡，品瑜是個品學兼優，敦親和睦，有自己理想的女孩。我對她懷有好感，這好感可以說是心中的憧憬，而我努力追隨她背影，盼望著那個在前面衝刺的她，能領我實踐夢想。

我看著望著車窗風景的思牧。陽光隨著樹景變化，在戴著金邊圓形鏡框的幾顆側臉雀斑上，光影快速的交會變奏著。臉色有點兒白，眼睫毛閃爍著粒粒光斑。淡淡的飛柔氣味，有意無意飄進我的嗅覺區，我的大腦處理著味道，進行辨別。胸脯規律地起伏著。

「對了。另外，若發現她們跟你說的內容，有明顯的妄想。請不要告訴她們，那是假的。因為對於她們來說，那是存在精神與真實世界中，很重要的保護機制。」品瑜再次補充，做好衛教，讓我心兒暖了不少。

「誠豐。」思牧在我凝神思想著，專注沉浸在幸福的光景中，突然呼我名。我臉往她的位置左偏，她看著車窗，並沒有接著說話。

那時刻，決定在光與影的片刻之間。每當有聽不清楚，希望別人講更多時，「怎？」、「多說點」、「什麼事？」是可以讓對方接續那些我想知道的，卻因為某種原因，而忽然打住的話。

可是，此時的我，沒有像慣例一樣回應。任語詞靜悄悄躺臥在心底。

自然笑了。

搭了一個多小時，小巴士吐著臭屁前行，開始進入山裡。不斷高升的過程中，一下向右轉了半個圈，一下向左轉半個圈。樹林雜影間，看著幾臺遠方的怪手，正在光禿禿的邊坡上，賣力地運作著。上到一定的高度，左側出現了一間莊嚴的大廟。快速浮略過的光景，模糊看到一個袈裟色的人影，心中悄悄認定那一定是得道的某位高僧。

巴士接著轉進一個更窄的岔路，沒過多久，突然停了下來。我正以為快到，身體往右伸出，看到一輛對向的黑色轎車正在和我們會車。

「下一站，終點站，五木療養院。到了。」有人突然學著平常公車到站的語音方式，叫醒幾個在夢中被搖醒的睡臉。身體臂膀的肌肉感到一陣酸痛。讓後排的人先下車後，走下階梯，思牧跟在我後面。接觸外面空氣那刻，空氣透析沁涼。駝背的身體伸直，橫膈膜肌往下，大自然的芬多精衝入胸腔，整個人頓時清省不少。

「各位，我們到五木療養院囉！」社長品瑜說。

精神療養院的入口，有個長長的自動橫向鐵門，圍牆上的四周，很明顯可以看到，有防止翻牆跑走的裝置。但很明顯，不是看守所的那種流刺圈網，或在牆上頂部安插的碎片玻璃。房子的外觀不是很明顯，因為有三分之二以上的輪廓藏於林蔭。品瑜在對講機說了來歷後，隔了大約三十秒，巨大厚重的鐵輪門往右橫移，出現大片的柏油地。右手邊的柏油地上插著直直的兩隻籃球框桿，不知道什麼名字的鳥類腳爪抓在籃球板的邊框上，做了個稱職的查哨站崗兵。球框上的網子只剩一小塊，孤零零地吊在那邊。籃球框板上的紅色方框只剩幾段微微地顯現，加上斑駁、掉漆，讓我不免覺得坦赤裸露。左邊一樣有幾根比籃球框桿細很多的鐵桿直直地插入柏油地，每兩根鐵桿間有條黑乎乎的繩子，感覺是做為晾曬衣服之用。

一行人過柏油地，到了大樓，必須又要在對講機聯絡一次。

確認過後，來到位於一樓的慢性女子精神病房外面，護理師從裡面嗶卡出來。

「歡迎各位來，我是蓉倩，很感謝你們從這麼遠的地方來，跟各位說一下。我們這邊是雙門，門不能同時開著，一定要一邊關上，一邊才能打開。」

最內的金屬色鐵門，中上半部嵌入透明玻璃，我們一群人等待著大家都進來，另一邊的門關時，我從玻璃窺看，大廳裡面大多是長者。初看之下，也許我框架著「她們住在慢性精神療養院」這樣的想法。感覺她們容貌上的皺紋，髮鬢的斑白以及稀疏度，比在菜市場大力殺價的大嬸、阿嬤要蒼老許多，皮膚也看起來比較蠟黃。多看玻璃一下，眼睛不太舒服，頭也有點暈眩，我猜測是玻璃太厚的緣故。

進到大廳。

「這些是灣仔大學社團的學生。他們帶來一些好玩的，來拜訪五木。」蓉倩護理師說。

「你們好。」幾個大姊對我們投以目光。

「你好。」

「羅碧珠、江春華、簡童。吃藥時間到了。」廣播聲響起。

我們十幾個人站著自我介紹一番後，拿著樸克牌、畫筆、色紙……等各種容易交流的道具，作為建立關係的濫觴。我分別和思牧坐在滿臉皺紋、五官蒼老深邃、灰白頭髮摻雜，散開在兩肩上，外貌看起來六、七十歲的一位婆婆旁。

「大姊，妳好。」

「你好。棒棒。」

「我們可以一起玩嗎？」我抽開色紙。

「噢，棒棒。」

「大姊，想不想折紙。」思牧露出，在我看來友善的笑容。

「我來給你唱歌。棒棒。」一聽大姊這麼說，我把手中的色紙輕輕放在桌上，兩眼看著大姊鼻子至上嘴唇那一段的皮膚。

「青山的還仔，落迫在還原的高丘。吸水棒的孤量，笑在斗裡叻勘懷……。」思牧和我一聽到婆婆的高吭，開始跟著她歌聲的重音打著拍子。正坐在大廳，和其他大姊互動的精實社社員，也一個一個，跟著拍。我看著婆婆張開的口，牙齒剩沒幾顆。聞到從她喉嚨傳出，食物殘渣卡在嘴中並變質，淡淡的腐味。這種味道，並不會讓我覺得難聞，反而撫慰我。我憶起國小時期，外婆來台灣探親。跟著外婆去菜市場買好吃的、外婆護著正在被媽媽打的我、外婆說她即將要返回大陸，叫我要乖一點時，也會聞到這種安心，屬於年長者的氣息。看著婆婆，突然好想念自己遠在大陸的外婆啊！

「好不好呀！棒棒。」婆婆說。我無法聽懂她唱的是什麼，但我喜歡她的律調。

「大姊，妳的高音轉得真好！」精實社的社員們一片掌聲。

「那，可不可以給我一些小餅乾，小糖果也可以。不行的話也可以。棒棒。」婆婆唱完後跟我說，把她的右手向上攤開，看起來軟軟的。她並沒有向我伸過來，翻了充滿骨筋的手掌，又縮了回去。

看著比自己長幾十歲的長者要糖果餅乾，卻因為社長告誡怕影響到她們正餐的飲食，連給都不能給，心裡不禁有種陣陣的酸楚上來。想著這些長輩，若沒有被社會孤立，理應是在自己的小孩家，在腿上兜著孫子，拿著糖果、餅乾給小孩。或是和先生雙雙退休，壯遊世界。霎時，雙語營的孩子們，開心看著手上，我拿給他們糖果時，和婆婆掌心向上，又把手縮回去，瑟瑟抖著手。在我腦海中形成強烈的衝突。

婆婆並沒有玩色紙。她每隔一陣就開始唱歌。第二次、第三次還有人拍手，或是有人停下和其他大姊們互動，專心地聽一段。多了幾次，大家開始習慣，各自跟其他的大姐們玩遊戲，很少人再停下手邊的事來掌聲了。

「我讀《社論》。」婆婆突然說。我不知道從她口中突然冒出來的這個詞彙，有點漏音，不知道和我大腦理解的文意是不是一樣。

「《社論》？那很厲害耶，我連看都沒看過。」

「大姊超厲害。」思牧附和。

可一切的對話，似乎並沒有一個很清楚的邏輯，延展下去。我和思牧靜靜的坐著。在那幾個小時裡，思牧和我成為最後專心聽的聽眾。雖然我們並沒有做什麼特別的事，可時間終究是孤獨的旅者，等回過神，才赫然發現他已達旅程的終點。思牧折了顆愛心，握了婆婆軟軟的手，我們告訴她，明天還會來。

要離開時，我們收到一份小禮物。有個看起來四十多歲的大姊，給思牧和我一張薩莉亞的DM。

「我告訴你們哦，上禮拜我家人，帶我去山下那家薩莉亞，那邊的服務超好。如果你們去山下吃晚餐，我超級推薦薩莉亞的義式奶油培根麵。」一單子到手時，我才知道，拜訪的大家都有。於是我小心地摺疊好，收起來。

小巴士在預定時間，到達我們住的青年旅社。老闆不在，把鑰匙放在隱密地點，讓我們自行索取。眾人花了好一陣時間找鑰匙才進入內部。室內有條中廊，兩邊是好幾個大塌塌米間隔而成，我們被允許使用兩間，一間男生用，一間女生。有些人去買自己喜歡吃的，有些人趁著有熱水的時段，準備沖洗黏在身上一天的汗水。

思牧和兩個女生去附近的便利商店買要吃的便當、飲料，問我有沒有需要，可以順便幫我帶。

「我可以一起去嗎？」我說。

思牧旁的一個女子笑出了聲。

「當然可以。」

晚餐吃了便利商店的油封雞腿便當，配寶礦力水得。怕晚上肚子餓，買了一碗來一客泡麵。

眾人各自盥洗，剛開始有兩、三個人聊天。有些人忙完手邊的事，在一旁聽，不久就加入對話。

「你們都有拿到薩莉亞姊的ＤＭ嗎？」維廷說，身邊放著好幾罐特長版啤酒。

「有。」

「有。」

「應該大家都有吧！」

「一聽護理師說我們來自灣仔大學。薩利亞大姊說，她高中念上頂女中的資優班。她說，那時她好認真，班上好多人都上灣仔大學，只有她上文明。」曼廷說。

「能在聯考時代，上大學的人，就是在課業中的佼佼者。」

「我坐在薩利亞大姊旁邊，她一直寫詩，說要投火金姑。她說她投好多了，可惜未果。」翁瑄說。

「棒棒姊的歌真厲害，高音轉得真好。」

「她還跟我說她讀過《社論》呢！我跟她分享我最近讀的《雪國》」我說。

「茱琪告訴我她是因為酒癮住進去的，她特別強調她並不是因為精神病而進去。」

「小楓她還幫我看手相，說我感情會有個岔口。」

因為精實社的成員大多互相認識，聊天的過程中，他們特別問思牧，為何會想參加這次活動。思牧淺答剛好有空。我自戀地想著，思牧居然會答應我的邀約。難不成，是因為對我有好感？我擅自製造大量的粉紅泡泡，任其在心中飄呀飄的。

看著這群人，我很感謝上帝讓我找到一塊地方，在青年時期就願意瞭解認識精神疾病。或許他們各自沉載著什麼重力，身上有什麼負擔，所以才特別問起思牧，為什麼會參加。

第十九章

隔天，我趁著大家各自在和他們所關心的大姊互動時，溜進了護理站。

「護理師，方便簡短聊聊嗎？」我說。

「當然可以呀！請說。」蓉倩正專心的配藥中。

「護理師，我也有思覺失調症。」

「真的呀！那你還讀灣仔大學，很厲害耶！」

「沒有啦，我讀宏曦。」

「宏曦也很好耶！」蓉倩說。

「沒有啦。」

「我現在在寫一本書，名字還沒想好。」我說。

「寫書！什麼內容？」

「我有發病時的記憶，我想把那時所想的東西寫出來。」

「太棒了！好啊！如果你出書了，我一定讓我學生讀。」

「你是老師！」

「對呀，我有在護理學校教課。」

「護理師，我看這面版上紀錄的住院日期，有人已經住了十多年了呀？」

「對。」

「他們的家人不會帶他們回家嗎？」

「她們發病的年代，藥物的副作用大，不好治療，急性容易變成慢性。一開始有些人的家屬會帶他們回去，但如你看到的結果，他們還是在這裡。」

「她們平常的娛樂是什麼呀？我看這裡也沒有網路。」

「這裡沒有網路的。大部分人主要的娛樂是大廳的電視。」

在這個科技時代，我非常驚訝，居然有人可以長時間過完全沒有網路的生活。我從護理站的大玻璃看到最前頭的沙發區，幾個人的頭在木製沙發椅背板仰起，一動也不動地，看向高掛著的四十吋電視。

「她們平常有收入嗎？我聽他們說可以靠做手工賺錢。」

「身體功能較好的才能，可以當他們一個月多個幾百塊的零用錢。」蓉倩回應。

「我聽大姐們說在這裡幫忙洗澡，一次是二十塊。」我說。

「我們這裡不能私下交易金錢。但規定是規定，人是人。有些人無法自理清潔身體，又不可能請家人或我們天天幫她洗澡。二十塊可以去合作社買包她們喜歡的零食。」蓉倩想了想，又說：「他們每月的收入，就是身心障礙補助，拿來支出住院的費用剛剛好打平。家人會管的住民，可能有時候會寄一些她們需要的生活用品、零食。他們平常自己有需要，會填外出單，去販賣部買。每個禮拜都會有一次『大採購』，她們填單，會有專車下山幫忙買些她們不能在販賣部取得的物品。這裡的金錢觀和外面不太一樣。」

「聽說薩莉亞姊，在學生時期，是學霸呢！」我說。

「你說給你們薩莉亞 DM，一直寫詩的那個？」

「對。」

「她叫懷安。她是我們這裡的鎮院之寶，一個才女。有關她的事，你也懂的，因為觸及隱私。」

「我沒有想特別知道什麼。只是一聽到她的故事，我也想起自己高中時，面對學業，不斷掙扎，發病並水深火熱的狀態。那是無底深淵哦！持續在激流裡，懷疑自己永遠無法上岸的感覺。」我說。

「不過我可以說。相比現在，在她們初次發病的那個時代，家人察覺怪異，往往以為是被鬼附，延誤真正醫療的時間。那時副作用更強烈，甚至強烈到不用藥還比較好受。」蓉倩說。

「我懂。」我說。

「護理師，我想問最後一個問題。對於她們一直無法進入社會，這種妳再怎麼努力，她們也不會真正好起來，會不會無奈呢？」我說。

「不會的。看她們每天穩定吃藥。原本沒有時間概念的人，到會記得吃藥時間。有些人剛開始不講話，到會講幾個語彙，再到會講一句話。對我來說，雖然看起來好像很緩慢，但都是進步。」

「謝謝護理師的回答。與妳談話讓我成長很多。」我內心感激萬分，卻也感慨萬千。

「不會。只是有時候，當我以為她們好轉，可以安心地踏出這扇大門時。沒多久又被送回來，並且身體機能又一次退化。我其實不太會清楚形容這種感覺。好像不斷努力種樹，最後卻發現，周遭人所需使用的紙、木製品所需的樹量，遠比自己種的樹要多得多。」

當天下午，天氣晴朗又多風。護理師答應，能讓大姊們去到外面那塊柏油地走走。護理師蓉倩特別拜託我和另一個精實社朋友去大鐵輪門前守著，防止大姊們跑出去。

「我並不是擔心她們跑出去會傷害人，我是因為有責任要保障她們自身的安全。」眾人集中在大廳門前，眾嘴興奮地吱喳歌鳴著雀躍的心情，我的耳朵聽到某處傳出這麼清楚的一句話。

我和另一位精實社社員維廷，站在大鐵輪門旁的柏油地上，看著學生和大姊三三倆倆從大廳出來漫漫同行。來到療養院房前籃球場的柏油空地上，樓房巨大的影子把地面切割成一黑一白的兩塊。

我看著社長、思牧和幾個女孩，各自和幾個大姐們牽著手，逆時鐘繞行於牆內。慵懶的曬衣繩和籃球網子也感受到熱鬧，隨著風不斷跳動著。陽光在牆內，映轉著人與人的連結。他們一會到遮光處，一會兒又在陽光下閃耀。我想，這應該就是我嚮往的烏托邦，一個沒有標籤的理想鄉，但牆內的國度要如何才能推展至牆外呢？我沒有答案。

守著門看她們轉圈，一個大姊走近我們。維廷出自本能的將身體正面對著大姊，我感覺他有點緊張，準備應對隨時可能發生的狀況。

「嗨！你們辛苦了！」大姊在離我們大約三公尺停下腳步，她向我們升起的右手隨著搖轉，不斷被陽光閃爍著，露出燦爛的笑容。

在五木療養院的最後一天。我們唱了社歌，分工寫了卡片給所有的大姊，也集資買了一些零食，放到護理站，給護理師發。社長告訴我們，原本護理師允許我們帶大姊們出鐵輪門旁的小丘走走，但考量到昨天下雨，怕會有意外。聽起來這是個合情合理的說法。我內心還是好奇，對於平日最多僅有兩位護理師，在沒有人保護她們的情況下，大姊們多久能出去曬一次太陽呢？

我們把社員一起去山腳下拍的薩莉亞餐廳的合照，印給薩莉亞姊。我答應薩莉亞大姊，若有朝一日，我出書時必會毫不避諱地把她寫給我的詩，放進出版的書上——還就一栩時光碧棠如詩的三月。可心底還是有陣陣悲鳴響起，因為就算想法只有在腦袋曇花一現，我還是覺得我有人類齷齪的本質思想——把薩莉亞姊的詩放在封面，故事放在文章裡，對我來說，是個好的行銷手法。

於是，悲鳴響起

隨著療養院的旅程結束，我和思牧開始在臉書的 Messenger 互動起來。我寫一段她過一段時間回，我隔一段時間再回她回我的內容，有點類似書信的留言方式。一段時間後，雖然我可以感覺得出她並沒有透露多少自己的訊息，文字間也沒有依賴我的感覺。每每我要在留言的結尾，主動提出更多懸問，或是試著讓話題能繼續延展下去。身為一個直男阿瓜，總是在各種 youtuber 影片徘徊思考著如何跟女生聊天的技巧。我心裡還是有種期待，盼望這麼聊下去，有一天她會習慣我，水到渠成，接受我的心意。

有天晚上，平躺在夢鄉。迷濛中，感覺身體出奇意外地舒服。如浮躺在泳池裡，身體輕鬆地浮在水上。沒過多久，身體停止浮沉。有具身體攀上我睡在的塌塌米上床。之所以稱為身體，不稱為人。是因為以我的角度，沒有看到他的頭，還有頭正面上的臉。身體上來，一陣香味竄入我的嗅覺區，我卻沒有任何能力辨別這是什麼味道。只是覺得很熟悉。那具身體裸露的皮膚貼著我踢掉棉被的身子，手肘、大腿、肚子，好幾處連接著。感受著不同於自身的體溫，身體柔柔軟軟的。我並沒有與那具身體交合，可是在半載半沉中，我深深知道我的陰莖正充血著。甘甜的氣息讓我不自主攤鬆著舌頭，刻意不把緊貼著我的身體挪開。

天空透白，棉被散漫著慵懶的香氣，我的身體正舒適貼合著被子。此時聽到我床頭邊的手機正震動著，一波響完，沒過多久，一波又起。響聲逐漸喚醒我連結著這個世界的神經。

「我沒開啟飛航模式？」我自言自語著。在認知上，覺得開啟網路所發出的電磁波會影響睡眠。所以只要我記得，都會開啟飛航模式。但此時手機的網路是開啟的。

「幹嘛？」我接起朋友電話。正納悶他為何要一早給我連環call。

「許思牧是誰？你發的那個貼文是什麼？不怕檢舉？」朋友說。我從未聽過這個朋友講話講得如此急，如此不客氣。

「好，我馬上看看。」我說。

許思牧。

黑陰莖　頂你

看著這篇沒有任何人按讚的貼文，神經末梢開始燃燒，直衝我的神經元。腦袋受到強烈的刺激，醒了大半。

「這是我寫的？」身體的舒張感急速消逝，眼睛發紅，全身熱起來。汗腺開始在背上、頸上凝出一顆顆的汗滴。這是現實嗎？

首先，我立刻把文章刪除。我和思牧的共同好友太多，文章已顯示發了兩個小時，不知道有沒有人會截圖、轉傳。我再趕忙搜尋思牧的Facebook，卻發現我們已經解除好友關係，我看不到她任何的貼文、資料，我猜想思牧一定知道了。

怎麼會有這篇貼文呢？我沒有中途醒來，操作臉書的記憶呀！如果是遭不明人士盜用，應該也不會寫：「許思牧。黑陰莖，頂你。」若遭駭客入侵亂發文，不會指名道姓。況且，除了我自己，我沒有跟任何人說我喜歡許思牧。所以我若給思牧解釋：「那是帳號被盜。」我想，這不是個很合理的說法。

可是真的不是我發的，至少我沒有意識我有發，這種指名道姓、充滿性騷擾言語的文章在個版上。我腦海中咕嚕咕嚕地轉著，會不會是因為我睡夢中和那具身體接觸，發出了幾句淫詞，恰好亂動時，按到身旁的錄音鍵，畢竟現在手機的錄音效果都很好。我沒有開啟飛航，這是有可能的。

但我又要如何跟思牧解釋，我睡覺時和一具柔軟的身體碰觸，感覺陰莖充血。正舒服時，發聲了幾個淫辭，包含了她的全名，還不小心發到臉書上。這種說法比帳號被盜更騷擾吧？

腦子轉了一圈，甚至懷疑是不是睡夢中，那具身子操控著我，操縱著我的手機。畢竟身體有幾處貼著，不是沒有可能。

高中跟蘋果公主在網路上大吵的記憶，和此事成為雙重漩渦，襲捲我用脆弱的意志搭建起來的簡陋屋棚。那時的我，一樣被解除了好友。在沒有和解的情況下，我跳大排水溝被送進急性精神病房，住將近一個月，跟外界完全斷了聯絡。精神體回到現實時，臉書密碼早已忘記，我沒有任何聯絡蘋果公主的管道，再加上被判為精神分裂症，那種深不見底的自卑感，任心中沒有和解的遺憾隨波而去。伴隨著高中時期的痛苦經驗，我沒有信心能與思牧和好。

我好哀傷。

二十一章

往後一個禮拜，我沒有去基實社。要去資源教室拿資料的路上，我還是遇到了文峰。

「嗨！」

「嗨。」我說。

「原諒我，你姊那件事，不是我寫的。」我說。

我和文峰站著，我解釋在網路的個版上出現對思牧性騷擾的言詞，不是出自於我在這個世界，本能的意志。向文峰說明幾種會發生這種事情的可能後。

「不管那篇文是不是出自你自己的意思，可是指名道姓，又是用你帳號發在朋友圈都會看的版上。我很難不聯想，你對我姊有意思。」

「我……確實對你姊有意思。」

出於被迫的告知，違背我對喜歡的人必須第一個知道我喜歡她的原則。怎麼會發生如此荒謬的事？兩耳嗚嗚響著類似按著電蚊拍的嘶鳴聲。

「確實，與你平日相處時，的確知道你不會這樣做。」文峰說的同時，手輕輕觸碰自己有著短而小鬍鬚的下巴。

「不過，誠豐。我實在難以理解，這種非現實存在於現實世界的事。但我姊確實是感到不舒服，從我看到她那幾天的表情，心裡確實是受傷了。」

「對不起。」我說。

「我就直說吧，誠豐。因為我之前看過《分裂》這部片，男主角身上會有好幾個人格，有壞的有好的。這幾個人格有時候會互相幫助，有時會互相敵對？人格都是不同時間、場域控制著身體，其他人格也不會有印象做過哪些事？」我從文峰此時的言詞，理解到，他不再視我為溫暖而良善的人，他的話語本映出對我害怕的樣貌。

「文峰，我知道那部電影。但我是思覺失調症，我不是那部電影所描寫的人格分裂症。」

「思覺失調症前不久不是還叫精神分裂嗎？跟人格分裂都是分裂呀！」文峰說。

「不是喔！就跟紅蘿蔔和白蘿蔔一樣，中文都稱為蘿蔔，但在本質上是不同的東西。像是日語的紅蘿蔔漢字寫為『人参』，白蘿蔔寫為『大根』，對日本人來說，在華語地區認為相似的兩個東西，不論在發音還是字體，在日本是完全不一樣的。」我說。

「我還是第一次聽到這種比喻。不好意思，我誤會了。」

「沒事，很多人也分不清楚的。」

「那麼，你還記得花生豆事件？」

「花生豆？那個被思覺失調者殺死的六歲男童？」我回。

我的心頭緊揪著，不知文峰接下來會說什麼。

「是啊。花生豆的家跟我們家還有點淵源。我和我姊參加他的告別式時，連花生豆的最後一面都不能看到。誰又能忍受父母送孩子回天家的場面呢？他母親全程都需要人攙扶。最後我們繞棺木紀念花生豆時，我握著她母親的手表示哀悼，母親的手已經完全失去力度，根本就是海中的水草，柔軟不堪。誰又懂得這種哀戚呢？我姊最喜歡的就是孩子。告別式全程不發一語的她，又怎麼能接受這樣的事實呢？」文峰說。

「對不起，我也對那件事感到巨大的痛楚。」我說。

「誠豐，請你理解我。我真的很無知。直到遇見你之前，我對思覺失調非常陌生。甚至現在有沒有比較清楚，我也不曉得。我想，社會上應該很多人跟我一樣，無法對於社會規範、秩序以外的事情，清楚的辨別。很抱歉，我真的無法清楚區分：行為舉止失序的思覺失調者；行為舉止失序，並傷害自己的思覺失調者；和行為舉止失序，傷害別人的思覺失調者，究竟如何分辨。」文峰說。

文峰說的話，讓我想起自己告訴阿三，我是精障者後，他對我的轉變。出於害怕擔心暴力侵害，本能的抗拒。

「是的，除非真的願意花大量時間，深入瞭解一個人。沒有人能保證在失序中伸引而出的暴力是會長眼睛的。我去年和諮商師談到，她既然理解我的思想不會偏激和暴力，上大學後，我的行為也跟一般人無異。如果我畢業找工作，她是否能幫我寫張證明單，告訴他們，我不會因為思覺失調症傷害人呢？」

「心理師同意了嗎？」

「很遺憾，文峰。答案是不能。」我說。

「心理師告訴我，她只能幫我寫：我這幾年狀況很穩定，並不能寫我不會因為精神病傷害人。雖然我從未因為發病的情況下，去攻擊人。可是心理師是無法為我擔保的。」

「我懂了。不過這個社會的狀況，好像就只能這樣了。」文峰說。

「文峰。」

「說吧，誠豐。」

「我想跟你掏心的說，對於你上次告訴我你喜歡男生，其實我原本是不清楚的。我曾經有一個讓我非常想信任的好朋友，因為我發現他有喜歡男生的動作和行為。又因為和我走得近，他又知道我是基督徒，出於他本能的自衛，他對我做了些事，深深的刺傷我。以現在來看，那時，我會走進精神世界，深受幻覺與忘想之苦，其實多多少少也受到他的影響。」我說。

「是。」文峰說。

「可是，文峰。當你告訴我你喜歡男生時，我花了一些時間去消化。我最後下了一個結論，不管你是喜歡男生，又或是做了什麼事。我覺得我不該因為那時被朋友因為『喜歡男生』的這件事被深深傷害，就把過去的這種傷痛，套在和任何喜歡同性別的朋友上。我覺得我還是打從心底想和你成為長久、能說心底話的好朋友。」我說。

「所以，文峰，請給我一點機會。『思覺失調症』、『精神分裂症』這些名詞只是病理學上，給有幻聽、妄想或幻覺的人，名詞上統一的歸納。真實的情況是，沒有一個人陷於在失常的狀態中，有跟他人一模一樣的情況，每個人的情況都是獨立事件。花生豆的事我很悲傷，我也很喜歡小孩。可是其他思覺失調者，不應該對這件事負起連坐責任，社會不應該把對這事的憤怒，灌在我們這群病人身上。傷害人要負的刑責，後果應該由傷害人的人來承擔。其實在整個社會下，大多的時候，思覺失調者才是被傷害、受暴力的一群弱勢呀！」

「你說的我理解了。我姊當時對花生豆那件事所受到的衝擊，是出乎她想像的巨大。剛好你邀約她去精神療養院的平訪，她跟我說她想瞭解思覺失調症到底是個怎麼樣的情況。所以她是在不影響實習結業門檻的情況下，特別排開，請假去的。」

文峰說的話，把我內心漂浮的粉紅泡泡戳破。原來，思牧並不是因為我，而答應我的邀請。

「我姊其實跟我說，她去平訪這一趟走下來。她看到每個住在療養院的長者，皺紋間的美，回歸於孩子樣式的美。她們比在這社會上勾心鬥角，踩在別人頭上追逐各樣權力與名利的人；因著貪念，多拿不屬於自己的東西的人；因著慾望，而流連於暴力與濫性的人，要來得正常多了。」

「關於……」我說。

「關於你FB的那篇文章，我會跟我姊溝通看看，但也要看她願不願意和好。這種事情的確讓我姊感到非常冒犯，畢竟是在你的朋友圈，妳們的共同好友又太多。但知道不是出自於你的本意，你也一發現就刪文了。只是就算你們和好，這件事會不會成為你們日後相處上的芥蒂，我不敢跟你保證。」文峰說。

「謝謝。」我說。

關於我沒告訴文峰的事，說不出口的，最真實。

高中時期，我時常邀約那個我認為最好的朋友，一起放學打桌球、羽球。偶爾假日，會一起騎腳踏車。現在回想起來，那個稱之為「奇點」的濫觴，化成我生命中巨變的洪流，我無意傷人卻無法意識到果子已經落在地上，被動等待著腐爛的命運。

那時鄰近升高三的暑假，聽聞臺上老師奮力地給我們灌輸該認真準備大學考試的時刻，每個人開始在參考書堆中被壓得喘不過氣，總想偷得浮生半日閒。正逢鄰近暑假，當時在數位核合媒擔任主管的小阿姨，給了我兩張天王樂舞演唱會的門票，並告訴我，我可以跟好朋友一起去。

雖不太懂天王樂舞團的曲風，但直到過了十年的現在都還是一票難求。雖沒什麼去過演唱會的經驗，但只要隨便在網路上的售票系統一查，我手上的票一張就要近兩千塊。對於當時是高中生的我，是多麼天大的一筆數字呀！不過問過家人，不是不喜歡人擠人的地方，就是那天有更重要的事。也曾經在腦海中有竄出一絲將票賣掉的想法，但那時網路交易操作不甚熟悉，也怕一個不慎，遇到詐騙，也給自己心中建立一個莫名高等的道德感：因為賣掉會辜負阿姨的好意。

不過班級中，倒是知道有不少的女生喜歡那個樂團。瞭解了一下，受眾大多以女性居多，難怪我比較少接觸。可是雖然很想約女生去，但因為只有兩張票，蘋果公主那時也還沒轉來我們班。對於我當時的小腦袋瓜來說，邀請女孩子一對一去女生為主的演唱會，情意表露得太明顯了，沒有哪個小傻瓜會跟我去的，我連這個口都開不了。也捨不得直接把兩張票都送人。

我想到我在那班級中，我認為最好的朋友。看看他能不能看在免費的份上，陪我去體驗新世界。怎知道他想也沒想，表明那天有約，就拒絕了。

後來實在開不了邀約，就把一張票給班上一個還算聊得來的女孩子，她說她朋友很癡迷這個團體。我把票給她，感覺她青澀單純的臉上粉上了一層淡淡的紅暈。

印象中，那天搭乘捷運的人特別多，隨處見都是可愛的女孩子。那時松山新店線還沒通車，所以急的話要在南京復興站搭一小段的公車，不趕時間走路就到了。我下捷運南京復興站時，原本塞滿人的車廂，一開門，傾巢而出。猜想大部分人都是參加演唱會的。

到了小巨蛋，等了半小時才開始驗票。坐上觀眾席，視野還不錯，隨後不久，我原本另一張票的位子坐了一個漂亮的女孩子。看著演唱會還有十五分鐘才開始，也許是因為環境氛圍，內心有種莫名的興奮，鼓起勇氣，我向那女孩搭話。

「嗨！你認識〇〇〇嗎？」我說。想問她，是不是和我聊得來的女孩的朋友。

「那是誰？」她說。氣氛瞬間尷尬起來。腦袋機靈一轉，我換了個說法。

「不好意思，你票是買的？」

「對呀，網路上跟人買的。怎麼了嗎？」我自己也覺得我問的問題很乾，尷尬地笑了笑，禮貌點頭後回到位置上。

烏雲開始籠罩我的心情，帶點生氣又有點難過，心中有種陣陣的哀傷。原來我所在意的信任，是被這麼廉價賣掉。

四周充滿了人的喧囂，頓時感覺我自己是一片雨林中的一塊浮木，能聽雨林的各種聲音，卻只有潺潺流水推我前進。演唱會即將開始，我卻不怎麼有心情靜下來聽歌。想說去演唱會的外圍橋廊上，去飲水機裝個水。

命運的交織總是突如其來。遠處，我看到我班上最好的朋友和另一個十七班的高個頭男生，正手握著手，嬉鬧著，他們正在裝水，一下用手互拍屁股，追來追去，一下互拍臉，他與我平日的互動就像兩個世界。想說緣分來得如此巧，我興奮地上前打招呼。

但緊接著，我那認為最好的朋友的眼神隨即跳開，時間與空氣中似乎在這一刻凝凍而沉默。他的表情告訴我，好像我是一個特別髒的東西，噁心的糞體，刺痛他的視界，不該出現。那個場合、那個時刻，就像兩個互斥的極體，永遠不該碰觸到。

高中時期的我，在生病住院前，腦中出現什麼，常常就直接說出來，也有被朋友說過不夠婉轉，性格大喇喇。現在回想起來，那天可能是受了那同班女生的氣，正無處可洩。又或是因為自己一個人孤零零地來演唱會，卻看到邀約的對象和其他人去，有一種自己很廉價的感覺。所以我當下說了一句。

「你們怎麼看起來 gaygay 的，玩得很曖昧嘛。」

帶著玩笑的語音剛落，卻發現空氣中瀰漫著假中似真的味道。

那朋友猶凝了幾秒鐘，等待從身體的深處發出號令給臉部肌肉，堆擠出被嚇壞的笑容。

「沒有啦！剛剛他說他力氣比我大，玩一玩而已。」

「我是因為免費啦！阿你們怎麼會來看這種女生看的東西？」我的口再度化成利器，直刺把心。

「沒有啦！剛好有拿到免費的票。」此時他的口音顯出一種顫抖，我卻沒有自知之明，以一種「我都知道」的表情，拍了拍他的右上臂。

在當時的灣仔，在高中生間，支持性別平權的聲量，不像現在。我們那時，在男生的圈子中，只要有一兩個性格活潑愛表現的男生，私下聊天時，談到他人時，很容易把「甲甲」、「一號零號」等字詞掛在嘴邊。沒有人認為那有什麼不好，反而認為是聊天的開胃菜，講得笑呵呵的。

可是演唱會場的這句話，是一連串事件的奇點中的基點。原本順水而流，將上大學的人生，卻被一棒子打彎，去到完全不同的人生世界。我出院後，仔細思考了這段過程，發現我自己在沒有意識到的情況下，隨口說出超乎強烈的言語傷害他人。又因為我在班上說我小時候有接觸過基督信仰，很自然地被歸類為「反對同性戀者」。我那高中時期最好的朋友，可能出於保護自己，保護他想守護的，我就是侵入他意識領域的病毒，只能將我排除。

對我來說，世界的量與質是不斷地循環流轉的，說出去的話，對待他人他物所做的事，最後會成為饋體，反射或反映在自身。我那時對我認為最好的朋友所說的話，如同阿三對我說的：「你半夜會不會拿一把刀子在路上走來走去」一樣，這句話也是很自然地說出。那天事後，我回到位子上，聽演唱會，可是腦子如一坨亂糟糟的毛線球，毛茸茸的，頭殼裡面的大腦癢得不行，手指挖著耳渦邊，卻怎麼也勾不到那坨毛線的線頭。

現在回想，事情一切的源頭可能是出自於自我本能的劣根性，或是以基督教的觀點，是人本質的罪性所出現的後果。後來再回到學校，想說給那女生一個台階下，就沒向她提起我心中的不解。某一天，出現一個意念，也許那個女同學真的有把票送給她朋友，只是她朋友再在網路上轉賣，畢竟如果那女同學把票賣給不認識的，我兩張票的位置又相隔這麼近，這個把柄太容易被抓到了。不過這事已成為羅生門，我不可能再向她提起我的疑惑。而從那時起，我所認定最好的高中同學，已不再待我如初。

但對我現在的生命來說，那腐爛的果子只是掉在地上，沒有埋入深土中，也許終究無法成為一棵堅挺的巨樹，來孕育下一代。但我的生命之果還是成為一小部分土壤的養分，等待哪個拜訪的種子，隨著風或隨著某個伴侶來到。讓我的生命可以成為他初出幼苗的助力。

而我，也希望文峰能原諒，這個曾經帶著戾氣拿著利器，傷害這個族群的我。

終章

Messenger上。

「思牧，很抱歉。ＦＢ上那篇帶有騷擾妳文字的貼文，希望妳相信我，不是出自於我的本意。若妳還能，可以原諒我嗎？」

隔了兩天，思牧回了，她給我一張沒有任何表情的臉。看到她的回應，我又回了一句。

「我很難說明，但那篇文章也許是某種高於我的意志，以非現實的狀態存在於現實狀態之間，不是我能控制的。這並不是因為我的疾病，或是意亂情迷，所寫的東西。的確，那篇文章在眾人面前暴露出我對妳的好感，但我不是想以這樣的形式讓妳得知。在受傷的情況下，還試圖用充滿傻勁，自曝好感的方式，求得妳的寬恕，我知道這樣的自己很汙濁。」

過了三天，思牧回我訊息。

「你說不是你的本意。關於這件事，我覺得我多說了，你反而會誤解我的意思。我並沒有生你的氣。」她說。

「作朋友的話，也許未來吧。」她又說。

之後，我花了大量時間調適並處理自己的心情。與朋友聊天時的八卦，時常變成我心凝在遠方的相思八卦鏡。心煩意亂時，一個人拿了本書，用一杯咖啡來泡一下午。

我其實不知道那篇貼文有沒有被截圖轉傳，對於我喜歡她，她也知道了。在我認知中，我是在讓她這麼受傷的情況下表白的，她沒有回應我的表白，也是合情合理的。有著思覺失調症、說話緩慢、肚子碩大、藍領家庭背景的我，又怎麼能跟她說我能給她幸福呢？

我不知道，我真的有沒有資格，能被一個母親以外的女孩子，深深地所愛。在基因學和優生學的觀點上，有思覺失調症的人，下一代有高風險得思覺失調症的機率。我想，若沒有發生性騷擾事件的話，我們一直聊下去，思牧也真的習慣我並接受我，那麼愛小孩的她，想必會想要有小孩，她能承受下一代有高機率得思覺失調症的壓力嗎？任何女人能承受嗎？

隨著表面上的和解，思牧並沒有和我再聊天了。剛開始時，我還是會跟她分享一些生活上，或價值觀的事，可是她也讓我等非常久才回一個笑臉貼圖，或是「謝謝」。

我開始時常跑基實社社團活動，不只是有她在社團的時候，大大小小的活動我都參加，還被基實社的學弟妹封為活動滿貫王。

我大三上的學期結束。她的實習也結業了，正式從學校登出。我們的生活環境如同岔開的鐵軌，分道揚鑣。有時會偶爾看到她在社群網站發的文章，或是和幾個同事出去聚餐，照片臉上掛滿著幸福的微笑。

沒有思牧在的學校生活，日子是不用數算的，沒有什麼時間感。課堂報告、期末考試寫一寫，半年就過去了。我儘量不去看和她的對話紀錄，有時跟基實社的朋友，或是和文峰約聚餐，會得知她的一些近況。

畢業那年，灣仔國再度發生思覺失調者殺人事件，一位四十多歲男子，因深受幻覺和妄想，繳納不出基本的健保費，無法負擔就醫的開銷，長期沉浸於脫離現實的症狀。因查票遭拒，在火車上和列車長發生扭打，失手重擊列車長的頭部，列車長當場昏迷，送醫後不治。後來以過失致死罪起訴，並判決無罪。判決結果一出爐，社會群起激憤，罵聲連天。

我在電視屏幕，電腦螢幕前，看著那些評論，靜靜地承受著這些重量。對於社會，對於照顧我的家人，我想，雖然生病不是出自於我的本意，但對於身為思覺失調者的自己，我很抱歉。

後來經由別人的口中得知，思牧交男朋友了，是大她兩歲的同事。搜尋一下照片，跟我不太一樣，是個身型精瘦，沒有大肚子，笑容燦爛的男子。我祝福她，也想試著拜託時間，讓我隨著它，把對思牧的思念，以及纏身的那一縷香柔，藏身於心底中，最靜謐的地方。

二〇一九年尾，我脫離學校生活後，新冠肺炎開始襲捲全球。灣仔國剛開始並沒有被病毒入侵，只有零星的境外移入個案。從某天開始感覺身體不對勁，原本只是一點，後來越咳越兇。也許是害怕自己一檢查就會檢出什麼不得了的問題，看自己身體並沒有發燒，喉嚨也沒有痰，一直拖著不就醫。朦朧的記憶中，因為有基實社的朋友要長期離開灣北，懷念大家好久沒聚，所以揪聚。一聽說思牧也有來，想著大概也沒幾次機會再見面。我奮力隱藏胸中的不適，忍著咳嗽赴約了。

這是我做過最後悔，也是最蠢的事，但也許，翻轉世界的正義三觀，這也是我做過最愛自己，最為自己的事。

我買了坊間的強效止咳劑，因為沒有發燒，餐廳入口處的體溫計並沒有嗶嗶作響。忍受著胸悶，忍不住咳嗽時，就去廁所作嘔。嘴巴含著幾粒薄荷錠，試著讓上咽喉舒服點。

看到她，心裡有種難以隱藏的感情湧動著。聚餐時，我很少把我的視野正視著她，讓眼角餘光偷著她的倩影。大家也沒有戳破我臉書那篇，含著性與色情，又指名道姓的貼文。

那是我最後一次，以存有的角度，和思牧處在同一個空間。

之後，實在是咳太久，病症加重，也有些微的發燒，去醫院做了X光及抹片檢查。確診為肺結核後，我在醫院住了將近一個月，這期間噩夢不斷纏繞著我的夜晚。我總是夢到不斷跑著，並懷著愧疚感，感覺後面一直有某種令我可怕的東西在不斷追我。我也夢見我手持利刃，眾人圍觀著我，有人正在打電話，有人正在指著我罵罵咧咧，我就像一隻亟欲躲藏，卻又現形在大庭廣眾之下的老鼠，沒有人願意接近我，沒有人說愛我。

當疾病管制局告知我所接觸過的朋友要做檢查，各個知道我有肺結核後還去聚餐，氣得要死。流言開始加油添醋，轉成了幾個版本。我的臉書個版出現性騷擾許思牧的那篇貼文，也以某種形式，口耳流傳。我當然知道這些懲罰，是源自於我的罪，那個人類貪婪又弱小的劣根性，我必須承受罪的代價。

出院後，我的世界開始真正地天崩地裂，滑著幾個基實社朋友的 Facebook 貼文，思牧走了。

以現實來說，就是形體的崩壞，細胞不再組織工作，器官、骨、肌肉，以化成沙灰的形式，人們在形式上稱為「死亡」。除非自殺或殺人，沒有人能預知哪個人會在什麼時間、地點死。得知某個人死亡的消息總是突然的。從不知到知的過程中，只需要一下下，就好比中彈那刻，只是一個點。可是緊接而來的痛楚，卻如渲染開的血一樣，成為我們餘生記憶的重擔，直至血擴散至我們的一身。

除去英雄式的犧牲，為什麼而死，為了什麼而死，這在華人圈來說，公開是很忌諱的。沒有人跟我說許思牧是怎麼死的，因為什麼而死。文峰也好似在我的生活中消失一般，出於忌諱與恐懼，直到現在我們都沒有再聯絡。我出院時她的告別式已過，我只知道她選擇了樹葬，葬在我無從得知的地方。我內心不斷出現控告著自己，她的死跟我有關，是我傳染肺結核給她，並因為這個疾病殺了她的聲音。

每每去北灣港看大船出港，嗚笛聲總是低沉而響徹震動我低沉哀傷的身體，直透達心。不再有思牧這個形體、這個人，存有於這個空間。不會再看到她 Facebook 上，任何的回應。

有時感覺到生命降落在這個世上、彼此生命中的碰撞，對這個世界的意義，好比掉落的石頭，接入海面的那一聲，「咚」，進入了，然後一直下降，一直下降，很深很深。最後停在一個點，好似是一塊墓碑。短暫的生命中，幾乎不會再有機會看到那顆石頭，就像試著去看看逝者的墓碑一樣。思牧和石頭，甚至是我，我們每一個生命，最後都要面臨被這個世界分解重組。思牧的生命就像遠行的船，我看不到也不知道什麼時候會回來，只能相信還存在著。在我的餘生，去習慣她不再向我說話的日子。

走出全家便利商店，經過放著一袋又一袋堆疊的垃圾，藏著黑暗和不安的地方。我看到大排水溝對面有間已打烊的教會。恍若之間，我似乎在前面的扶手杆看到一隻站立並兩眼對著我的黑貓。貓的眼睛對比著教會所發出的光芒，牠深不見底的瞳孔隱隱約約映出黃色的光影。彷彿是吸進那些光後才湧出。我確信黑暗中是有貓存在的，因為貓連結著角落的黑和人們心中的善良。但之所以說：「似乎看到」，是因為一眨眼貓就消失了，徒留教會的燈映著招牌。

招牌上寫著：

「遮掩自己罪過的，必不亨通；承認離棄罪過的，必蒙憐恤。」〈箴言〉28：13。

「神啊！我內心甚至憂傷要死，我又有什麼資格做祢的僕人呢？不聖潔的罪人要怎麼做活祭呢？若祢是世間所有定律的源頭，請讓我不再以失序的身體容身於失序的世界，讓我存有在正常裡吧。我好喜歡她呀。好喜歡好喜歡的呀。」我邊說邊揮舞著手，試著在空中抓著再也抓不到的。拍打著自己的臉頰，試著分辨這個世界虛與實的界線。

「我悅納你，你當愛著我愛著的；我憐憫你，你當思在我思著的。我給你我所悅納，又傷痕累累的羊群，牧養他們。你該舉起你的杖，讓號角響起，戰勝仇敵的詭計。你當舉起那祭奠我，承載我生命的杯具，飲下那勝過悲劇，戰勝罪與死亡的寶血。」從眼角分泌著止不住的哀傷，聽到從某處的聲音在我耳說。

若真的有一天，我的左手能牽起雙語營的孩子們，右手伴著精神療養院的大姐們。沒有人再給我們貼標籤，沒有人再告訴我們，我們是世界的不安，沒有人可以用權勢定義我們時。也許，我和思牧之間的悲劇，存有於精神障礙的人倫悲劇，那些看為罪與渾沌的結果，就不會再存有於這個世界。人們也能不被各種逼迫擠壓，能回歸最自然，最正常的生命體。

所以，為著這個世界能向那個方向邁進，我必須做個驅策世界的小齒輪，讓這個世界朝向那個未來。

滾著。

若人離開這個世界後還能在某處存有，我想，若你願意，我們還會以某種形式見面吧。

許思牧

火星人

後記

在我反覆讀著這本《精思戀之罪》後，若自己以一個讀者的角度而言，我可以深深地理解，誠豐感覺到的事實是：思牧從來沒有愛過他，也從來沒有喜歡過他。就算有點好感，也因為知道誠豐患有「思覺失調症」，而使這一點點甜蜜的滋味稍縱即逝。就跟大眾透過平面媒體理解思覺失調症一樣，思牧從片面的媒體角度看過（可能是書中剛開始的捷運殺人案，或甚至更早對思覺失調症的負面報導），用模糊的概念理解這個疾病，並直到誠豐出現。

是的，誠豐在思牧的生命中出現了。思牧透過媒體對思覺失調者的理解，轉成透過誠豐來理解思覺失調症。誠豐講話雖慢，肚子也因為用藥無法控制食慾，早年發福，頗有大叔形象，但就連欣彥都不停誇讚誠豐是個暖漢子，思牧開始跟一個活著的思覺失調者相處，直覺相處起來與常人無異。

可是，對於最喜歡孩子的思牧，花生豆事件在誠豐和思牧的關係上，是個巨大的轉折。這麼愛孩子的她，在葬禮上看著小小年紀的孩子因為患有情緒行為障礙的思覺失調者而被殺。葬禮的哀戚對比內心的糾結，讓思牧決定接受誠豐的邀請，參加五木精神療養院（慢性精神療養院）的平訪活動，去看看能不能給自己心中的糾結作個了結。

療養院中，思牧看到，部分患有思覺失調症的大姊，雖然她們口語邏輯表達有時會不通，但不像我們在早一代的電影、大眾媒體裡，會大吼大叫、暴力相向，而是安安靜靜地坐著看掛在牆上的電視。所以才從文峰的口中說出：「她看到每個住在療養院的長者，皺紋間的美，回歸於孩子樣式的美。她們比在這社會上勾心鬥角，踩在別人頭上追逐各樣權力與名利的人；因著貪念，多拿不屬於自己的東西的人；因著慾望，而流連於暴力與濫性的人，要來得正常多了。」

可是作者的心並沒有引導這本書有一個童話般的美好結局，莫名的「性騷擾」，大大破壞了兩人的關係。好不容易因為去了一趟療養院，而對思覺失調者有所改觀的思牧，卻因為一場不是誠豐本意的意外事件，讓思牧對思覺失調者的信任，再次破裂。

很可悲的是，如同社會對待思覺失調者一樣，雖然有時不是出自我們的本意，但是只要有一次怪異的舉止、或一則社會案件，信任就會全盤瓦解。

最後，我衷心希望有一天，全世界的人都認為精神疾病的病症名只是方便醫院治療的名詞，不會再有因為精神病而產生的人倫悲歌了。

我不是有名的 CEO 或是做了什麼豐功偉業的人，身為一個社會結構底層的精障者，要出一本書非常困難。我謝謝一路上支持我的醫生、朋友、家人和老師、出版社朋友，也希望能盡微薄之力，幫助到比我更水深火熱的精障朋友們。

大好文化 大好文學 7

精思戀之罪：一個思覺失調症者的獨白

作　　者｜太陽奈克
繪　　者｜曾以信、太陽奈克
出　　版｜大好文化企業社
榮譽發行人｜胡邦崐、林玉釵
發行人暨總編輯｜胡芳芳
總 經 理｜張榮偉
駐英代表｜張容
行銷統籌｜張瑋
主　　編｜章芳蓉
編　　輯｜石桂芳、張小春、林鴻讀
封面設計｜顏上恩
客戶服務｜張凱特
通訊地址｜11157臺北市士林區磺溪街88巷5號三樓
讀者服務信箱｜fonda168@gmail.com
郵政劃撥｜帳號：50371148　戶名：大好文化企業社
讀者服務電話｜0922309149
讀者訂購信箱｜fonda168@gmail.com
版面編排｜唯翔工作室　(02)23122451
法律顧問｜芃福法律事務所　魯惠良律師
印　　刷｜禹利電子分色有限公司　(02)2951-3415
總 經 銷｜大和書報圖書股份有限公司　(02)8990-2588

ISBN 978-626-95832-7-0（平裝）
出版日期｜2022年10月20日初版
定　　價｜新台幣380元

國家圖書館出版品預行編目資料

精思戀之罪：一個思覺失調症者的獨白／太陽奈克著；曾以信、太陽奈克繪圖-- 初版 -- 臺北市：大好文化
2022.10

264面；14.8×21公分. --（大好文學 ；7）

ISBN 978-626-95832-7-0（平裝）

863.57　　111010641